U0540493

2023
铸牢中华民族共同体意识
中国少数民族文学之星丛书

青色书

李 静 著

作家出版社

图书在版编目（CIP）数据

青色书 / 李静著． -- 北京：作家出版社，2023.11
（中国少数民族文学之星丛书·2023年卷）
ISBN 978-7-5212-2507-5

Ⅰ.①青… Ⅱ.①李… Ⅲ.①散文集-中国-当代
Ⅳ.①I267

中国国家版本馆CIP数据核字（2023）第179297号

青色书

作　　者：李　静
责任编辑：李亚梓
特约编辑：赵兴红
装帧设计：孙惟静
出版发行：作家出版社有限公司
社　　址：北京农展馆南里10号　邮　编：100125
电话传真：86-10-65067186（发行中心及邮购部）
　　　　　86-10-65004079（总编室）
E-mail: zuojia@zuojia.net.cn
http://www.zuojiachubanshe.com
印　　刷：唐山玺诚印务有限公司
成品尺寸：152×230
字　　数：160千
印　　张：13
版　　次：2023年11月第1版
印　　次：2023年11月第1次印刷
ISBN 978-7-5212-2507-5
定　　价：45.00元

作家版图书，版权所有，侵权必究。
作家版图书，印装错误可随时退换。

编委会名单

主　任：邱华栋

副主任：彭学明　黄国辉

编　委：赵兴红　郑　函

以民族的情意，打造文学的星辰

——"中国少数民族文学之星"丛书总序

邱华栋　彭学明

"铸牢中华民族共同体意识——中国少数民族文学之星"丛书是中国作家协会少数民族文学发展工程的项目之一，于2018年开始实施，由中国作家协会创作联络部具体组织落实。出版这套丛书的初衷，是在少数民族文学创作领域贯彻落实习近平文化思想，不断夯实铸牢中华民族共同体意识的文学责任，培养少数民族文学中青年作家，打造少数民族文学精品，为那些已经在少数民族文学界和全国文学界成绩斐然、广有影响的少数民族中青年作家再助一力，再送一程，从而把少数民族文学最优秀的中青年作家集结在一起，以最整齐的队伍、最有力的步伐、最亮丽的身影，走向文学的新高地，迈向文学的高峰，让少数民族文学的星空星光灿烂，少数民族文学的长河奔流不息。以文学的初心，繁荣民族的事业；以民族的情意，打造文学的星辰。

入选"中国少数民族文学之星"丛书的作家，必须是年龄在50岁以下的、在少数民族文学界和全国文学界广有影响的少数民族作家。不管是否出版过文学书籍，只要其作品经过本人申请申报、各团体会员单位推荐报送、专家评审论证和中国作协书记处审批而入选的，中国作协将在出版前为其召开改稿会，请专家为其作品望闻问切，以修改作品存在的不足，减少作品出版后无法弥补的遗憾。待其作品修改好后，由中国作协统一安排出版，并进行广泛的宣传推广。

中国是一个多民族的大家庭。每一个民族都沐浴着党的民族政策的光辉、感受着党的民族政策的温暖，都在党的民族政策关怀下，蓬勃发展，欣欣向荣。在这个伟大的新时代，我们正创造着中华民族的新辉煌。每一个民族的发展与巨变，每一个民族的气象与品质，都给我们提供了生生不息的创作源泉。我们每一个民族作家，都应该以一种民族自豪感，去拥抱我们的民族；以一种民族责任感，为我们的民族奉献。用崇高的文学理想，去书写民族的幸福与荣光、讴歌民族的伟大与高尚，以文学的民族情怀，去观照民族的人心与人生、传递民族的精神与力量。

我们期待每一位少数民族作家，都能够到火热的生活中去，到广大的人民中去，立心，扎根，有为，为初心千回百转，为文学千锤百炼，写出拿得出、立得住、走得远、留得下的文学精品。不负时代。不负民族。不负使命。

目 录

序 李浩 /1

高原里 /1
小满时节 /53
想要一片花园 /68
里奥是只狗 /85
风吹彻 /93
巴塘草原的下午 /115
无名之辈 /123
从前慢 /157

序

李 浩

一

有批评家说过，有两类人适合当作家，一类是农人，一类是水手。所谓农人，本意指的是那种"对本地掌故了如指掌"的作家，是对本地生活、风土人情、日常境遇的熟稔，他知道得总比别人多、比别人深、比别人细；所谓水手，本意则是"他的经验朝向未知"，他是在"创建"一种我们在日常中没有见过的世界，我们对他言说的那个世界无法证其真也无法证其假，在那个远离我们日常的世界中他同样比我们知道得多、知道得深、知道得更细。农人式的作家，他是在生活中不断开掘，是提炼、凝聚和言说本土经验，更强调细致、深入和微妙；而水手式作家，则是要在故事和陌生处着力，它强调新奇、曲折和"非常态"，时常会有魔幻的、幻觉的、想象的成分注入。两种类型的作家，各有优长，各有炫目之光，我们大概无法强调某一类型的重要和卓越的时候而否定另一类型的重要与卓越——但，区分这两种类型还是异常必要的。因为它们要书写的侧重点不同，而阅读者从中的"汲取"也会随之不同，随之而来的是评判角度和审美角度上的不同。因此，为这两类作家的作品书写阅读"导图"也就必然地要进行相适的调整。

李静，在我看来可能属于典型性的"农人"式的作家，她的写作更多地基于经验、感受、被触动的情感和自我情绪的外射。在《青色书》收录的诸多篇什中，她几乎都是以"自我"（当然，这个自我也允许有部分的虚构）为半径来完成的，在她的这些篇什中，我们始终能看到被凸显的"我"的存在，即使在那些所谓的山光水色中，"我"的观测之眼和外物对"我"心境的波及也是明显的、相融的。是的，李静在《青色书》的文字中没有特别强调自己藏族的身份，甚至可能部分地属于有意忽略，但她通过自己身侧的事物、民俗、地域特征、双方对话和个人习惯，背景式地勾勒出了在"自我"之中的种种沉积，这里面当然也包含民族性的部分。阅读李静的文字，我偶尔分神，会想起豪尔赫·路易斯·博尔赫斯一句片面深刻的断语，他说《古兰经》中没有一次提及骆驼，恰恰证明它是阿拉伯人的创作，因为对于阿拉伯人来说，骆驼是那么地熟视无睹，就像空气和每日的呼吸一样。那么，李静的写作可能同样如此，她不刻意强调的，恰恰是她具备的、连接着血脉和呼吸的，她不通过、不想通过猎奇化的表征性来"呈现"自己，而更愿意从内心出发，从更深入的幽暗和埋在心底的光出发：我个人，非常认可她的这一选择，尽管这个选择会让部分的批评者"遗忘"她的民族身份，在谈论少数民族写作的时候忽略这个李静所获得的成就。

但又怎样？好的文学从来都不是依靠外在的"修饰物"就能达到经典的，它在部分凸显差异、陌生的同时，一定要确保某种精神上的共有和共情，能让文字具有穿透力量的，永远是它葆有的知识、智慧和情感，是对生活生命"遮遮掩掩的真情"。

二

和自然的天然亲近，是李静文字的一大特点，这种亲近在我看来是骨子里的，是一种相融性的、交织性的流淌，甚至让人觉察不出太强的"界限感"。是故，将李静的文字看作生态文学或者自然文学大抵也是对的，因为，在她的文字中，自然有灵，自然中的一切一切都是可爱可敬的"活体"，它们甚至时时会居于中心位置，而将人（包括李静这个观察者）都挤向角落。在李静的文字中，我们会特别地注意到一个使用频率极高的词，"繁衍生息"——它不可忽略，在我看来这是一个连接着世界观、人生观的词儿，它折射着作家李静对于自然事物和人生的本质性理解，佐证性的，是她在《高原里》重复过至少两遍的一段话："在整个生物圈里，每一个物种似乎都有自己专属的地界线，这条地界线一边是生、一边是死，这是不可逾越的自然法则，它像一道无法解除的魔咒，万物皆受约束。"正是基于此，李静的自然书写其特质性也就呈现了出来：一是天然的亲近感和融合感，这一点前面已经提到；二是事物的平等性，在她那里陡峭险峻的山峰、轰轰烈烈的杜鹃林、伸手可触摸到的天空以及追逐《冈仁波齐》的他，与路边飞起的雉鸡、小小的七星瓢虫、结伴而行的蚂蚁都放在了平等的观测位置，她用同样的、平等的语调叙述和描述，而这种平等性还表现于——"天空中还有一只灰褐色的鹞鹰正在锲而不舍地追逐一只喜鹊，喜鹊发出惊慌失措的声音，似是嗓子里含了很多粒沙子。另一只喜鹊赶来帮忙，但鹞鹰不为所动，它们起伏、周旋……"在这里，李静平静地"观望"，既没有站在捕猎者的强势一边，也没有站在被猎者的弱势一边，她将自然界中的（也包含人生中的）繁华与萧瑟、慈祥与凶险一视同仁，而这一视同仁贯穿于所有的篇什；三是李静在对自然的书写中始终有一种泅漫着的温情，也正是因由这温情的存在而使她的文字恬静、平和，时有光的跳跃。我甚至觉得，她的这种温情是古典的、东方的，它不在险峻和冲突的力量感上特别用力，甚至有时会消解这种力量——这种处理方式打捞起的是久违的中国传统中极为珍贵的东西，是与当下的普遍认知、流行思想相冲突的部分，更为关键的是，我在李静的文字中读不到伪和做作，她写下的是她信的、她理解的和她认可的：那种亲近感是，语调里的温情是，事物间的平等观也是。正是通过这些特点，正是通过她贮含在文字中的真情，李静的《青色书》呈现了个人特色，有着自己的巧妙赋予。

三

地域性，或者杂糅于地域性之间的民族性，依然是我要提到的，这是李静"了如指掌"的本地掌故，是她悄然埋入的独特的印迹。我承认，正是这种地域性的差异让我在阅读中兴致勃勃，是李静用她的笔在引领着我和我们，进入到她和那片地域所建构的山光水色与风土人情中。在李静的书写中，她的地域感不只是知识性的，她不仅仅试图告诉我们"海拔3323米，北纬37.16度，东经101.30度，气温15.5摄氏度"的科学表述，以及察汗河流域会有漫山遍野的杜鹃花、德令哈清晨的大太阳和粗粝响亮的风，不仅仅是青海花儿青苗戏，不仅仅是巴塘草原的牧人生活和姐姐收养的狗，父亲留在农村信用社的遗存以及名为"赛虎"的狗，不仅仅是……这些，当然是属于地域性和个人性的部分，甚至是显赫的、鲜明的部分，不可或缺的部分，但作家李静要在她的文字中告诉我们的，不止于这些，远不止这些。我个人更为看重的，恰恰是她的个人赋予，她为书写地域性而添置的那些。

一、她添置了细节。细节，在她的文字中是最为值得关注的部分，也是这本《青色书》中最有质感和情感感染力的部分。有批评家说过，作家应当是人类的神经末梢，在李静的这本《青色书》中，在她所提及和提供的细节中，我时时会有来自"神经末梢"的触动，而这触动会由轻而重，渐成涡流。譬如《里奥是只狗》中，她写"里奥"的两面性：

> 熟悉了环境和她的主人后就日渐变成一枚女汉子，且大有将女汉子的行为愈演愈烈的趋势。我等已是无能为力。更甚者，饭后在院子里碰见一只她的同类，她就要不管不顾跟了去，气得我大喊"里奥"俩字，她也是装作听不见的样子。矜持碎了一地。而那些听见"里奥"俩字的人们都用疑惑的眼神望向我，他们不知道这只漂亮的小母狗为何会有这么不可思议的名字，他们想到更多的可能是"李敖"。我无力解释，而"里奥"的表现更是让人大跌眼镜，她觉得我是在喊一个和她无关的人或物，她只管撒着欢跑来跑去。而我又不能连续大声喊"里奥"俩字，我很担心更多的人用异样的眼光看我，我也不敢大发雷霆，否则，我的矜持也如她一般洒落一地。
>
> 但是，回到家的里奥很快就变了模样，她安静地端坐在角落里看着我眼里燃烧的火焰，她只管安静，连呜咽都没有。她兴许已经知道她一点点的躁动会换来一场暴风骤雨。我眼里燃烧的火焰在她柔情似水的注视中逐渐熄灭，然后蹲下来伸出手去触摸她的头顶。她伸出右手碰触我的右手，脚下的肉垫柔软如海绵，然后就听到它低低的呜咽声，似哭泣，似诉说。

这里面有着情感情绪的丰富，有着强烈的共感力，有着末梢式的柔软，有着对事物体贴、细致而又敏感的体察……在《无名之辈》中，在

《风吹彻》中，来自神经末梢式的细节带给我们的感触可能更强。

二、我还要强调她在书写中的"我"的在场，尤其是"我"在场时充当的"感受者"的那一面："我"在这里，"我"感受和体味着所有的发生，"我"被触动，被击中，被带入和融化……李静让"我"始终在场，一方面建立了足够让人"信以为真"的说服力，另一方面则更多地强化了阅读者随之的感同身受。

三、我还要强调李静在书写中的泅漫性。她往往不是止于对眼前之景的描述，而是由此联想，联想自己经历经验，联想类似情节细节，联想历史、文化和古人的感吁，联想……阅读她的文字，我能想到的另一概括性的词就是"枝繁叶茂"，它有着主线和主根，但更有繁盛的、宽阔的枝叶和果实，有收有放，放收自恰……而这些，使这本《青色书》获得了让人感触良多的丰富和厚重。

我还想指认它的故事性，这也是李静的有效赋予，让散文的情绪连接有一个起伏和铺排，从而构成着连贯推进，我还想指认她在语言上的用力和精心，它平和而精致，畅快而美妙，富有诗性……是的，值得谈及的点还有很多，但作为序言我觉得我更多地应当导向对李静作品的阅读，《青色书》中所贮含的、所葆有的，以及所要告知我们的，远比我要说的、可以说出的要多得多，愿朋友们拿出耐心，它，就像是醇厚的茶，有着耐人回味的滋味。

是为序。

高原里

一

小满时节,从西宁顺着一条一直往西的公路走,可见几日前的降雪在昆仑山巅留下痕迹明显的雪线,似乎每一座山头都戴了耀眼的皇冠。天空蔚蓝,远处的山岭如同一个高傲的、风姿绰约的公主俯视脚下臣民,又如气势磅礴的伟丈夫在日月下高耸入云。每翻过一个垭口,总会与白头的神山不期而遇,它们在阳光下泛着晶莹,似乎走到哪里,它们就在身旁,就好像是生活在这片土地上的臣民的守护神,用沉默庄严的姿态遮挡大风大雨,又将一条大江大河从高山、草甸处引向田间地头,引向湖泊大海。

牧羊人赶着羊群从那条一直往西的公路路过,原本白色的羊毛被染成蓝色,远远望过去就像是在干旱土地上行走的水珠。它们彳亍前行,在风里找寻食物,逐渐隐入远处的蒿草中。羊在 J.H. 摩尔的著作中被称为天空的孩子。说它们是从文明之前的险峻高山来到平原的。它们的颜色和形态,至今依然像是在天上一样。它们没有被赋予捍卫自己的能力,它们唯一的自卫方式便是温驯与躲避。它们被置于造物序列的最低一级，命定与舍身连在一起。它们以其悲烈的牺牲，维系着众生的终极平衡，微弱而不息地生存在世界上。

我们在离天空更近的地方邂逅它们，看它们身着蓝色的毛发走遥远的距离穿过大片的蒿草地，听到行走时发出"窸窸窣窣"的声音。似乎只是例行公事般远足，不知终点在何处，也无须过问。牧羊人站在远处，有着被罡风亲吻过的古铜色肤色，他在一天时间里花去大量的时间打量远处公路上行驶的车辆。他甚至希冀开车的人从车上下来撒一泡尿，跟他搭讪。

南来北往的车辆难得停下来，也很少有人跑来和他搭讪。更多时候，牧羊人的视野中会出现一只蹦蹦跳跳的野兔，或者四五只蹦蹦跳跳的野兔出现在他的视野里。一时间，属于他的寂静世界便呈现出短暂的喧嚣。野兔本就有一种令人惊异的适应环境的能力，据说它们在全球的分布比麻雀更为广泛和普遍。

梭罗在《瓦尔登湖》中预言过野兔："要是没有兔子和鹧鸪，一个田野还成什么田野呢？它们是最简单的土生土长的动物，与大自然同色彩、同性质，和树叶、和土地是最亲密的联盟。看到兔子和鹧鸪跑掉的时候，你不觉得它们是禽兽，它们是大自然的一部分，仿佛飒飒的木叶一样。不管发生怎么样的革命，兔子和鹧鸪一定可以永存，像土生土长的人一样。不能维持一只兔子的生活的田野一定是贫瘠无比的。"

看到那么多只敏捷穿行的兔子，很难不想象这片广阔田野的繁荣。或许在天空中还有一只苍鹰，正在虎视眈眈地注视着那些看上去敏捷又笨拙的兔子。许多时候，它们快速地俯冲下来，未触及地面又迅疾飞起。然后再盘旋，再安静，再俯冲，叼起一只惊恐的兔子展开双翅掠过苍茫大地，飞向远处……但野兔一双谛听的比脑袋还长的耳朵，两条飞奔的比躯干还长的后腿，以及传统的北方村庄的颜色、鱼一样的寂哑无声,这些因素赋予它们传奇色彩和神秘气氛,就如同这片土地上土生土长的牧羊人一般,行走,找寻食物,繁衍生息。

天空中还有一只灰褐色的鹞鹰正在锲而不舍地追逐一只喜鹊,喜鹊发出惊慌失措的声音,似是嗓子里含了很多粒沙子,另一只喜鹊赶来帮忙,但鹞鹰不为所动,它们起伏、周旋、打斗,最后的结果可想而知。或仓皇而逃,或胜利归去。都说在整个生物圈里,每一个物种似乎都有自己专属的地界线,这条地界线的一边是生、一边是死,这是不可逾越的自然法则,它像一道无法解除的魔咒,万物皆受约束。但,很多时候很多生物向死而生,来阐释自然界的繁华与萧瑟、慈祥与凶险。

节气里的小满已经有了足够的阳光和雨水,植物蓬勃生长,收成已是小得盈满。但在高原上,在这个季节肆意活着的,除去风雪,委实不多。

二

海拔3323米,北纬37.16度,东经101.30度,气温15.5摄氏度。这是我身处大通北川河源国家级自然保护区时得到的一组数据。

上午十时,站在察汗河入口处,抬头可见近处屹立的山峰,上面是重重叠叠的石头,陡峭险峻。沿碎石路上行,冷不丁地从旁边飞起一只锦雉,它拖着长长的华丽尾巴发出快要破掉的声音,落在前面不远处,一只,两只,三只,很多只。继续前行,被潜伏在周边的小荆棘扎到,一只小小的七星瓢虫落在衣袖上缓慢爬行,一只鸟跳上枝头,蚂蚁结伴而行……此时正值节气里的芒种,芒种一词最早出《周礼》的"泽草所生,种之芒种",此芒所指稻麦,但察汗河的原野之上无稻无麦,"芒种"一词似乎也在高原上的某个地方驻足观察,看水碧山青,林木之繁，百鸟啼鸣，竟不知自己是谁，忘了使命。

察汗河流域的杜鹃花，在芒种时节轰轰烈烈地盛开了，山岭从低到高的走势中，首先映入眼帘的是大片的头花杜鹃，百里香杜鹃往往会夹杂在头花杜鹃中小模小样地熙攘，而陇蜀杜鹃一眼就可以看得到，它高高在上，碗口大小，雪一样白，将高傲、清冷、不屑一顾挂在脸上。远远望去，陇蜀杜鹃和头花杜鹃的生长环境界限清晰，泾渭分明，似乎也在印证"在整个生物圈里，每一个物种似乎都有自己专属的地界线，这条地界线的一边是生、一边是死，这是不可逾越的自然法则，它像一道无法解除的魔咒，万物皆受约束"。

人迹罕至的丛林向来如此，丛林里的草木都知道自己应该生活在哪里，它们最能感知地表的温度，它们生存，生长，繁衍生息。它们守着自己的地界，用漫长的时间适应环境和气候，它们懂得进化，或将自己变得强壮高大，或将自己变得坚硬低矮。那些越是高处的植物越是低矮，几乎匍匐在地表之上，扇形般散开，开出米粒般大小的花朵，而在冰雪之上遇见一朵绿绒蒿的时候，似乎伸出手就可以触摸到天空。那些沉默又骄傲的花朵似乎在告诉你我：无论它周围的环境如何凶险与慈祥，如何繁华与萧瑟，它依然高傲如斯，它们矮小的身体比长在平原处的高大植物高出了几千米！而身在云端的绿绒蒿开花也意味着自己生命的结束，自然界中有很多这样的植物，一生只开一次花，开花时轰轰烈烈，然后寂静地死去，完成使命。

山林里的植物种类繁多，每株植物都有属于自己的属和科，它们如人一般也有自己的学名和别名。曾记得中国著名植物画家曾孝濂老人从上世纪五十年代开始，就和几百位植物学家、植物画家一共用了四十五年的时间，完成一部叫《中国植物志》的巨著，他们将每一种植物分门别类，给予它们足够多的尊严，赋予它们完整的名字，将它们的形状和颜色等写进书籍里……

　　除去开得繁盛的杜鹃，这里还有各种各样的奇花异草。它们在或细长或短粗的梗上长出硕大、细小的花朵，颜色鲜亮。我总觉得潮湿泥土下应该有许多昆虫的尸体，才能够长出这样茂盛而寂静的花朵。而很多花却长在悬崖之上的岩缝里，一簇簇，一朵朵。就好像鸟雀不小心将衔来的种子遗落在岩缝里一般，它们遇到一点雨露，遇到一点阳光，一小簇泥土就可以生根发芽，就可以开出花朵。比如毛茛科的拟耧斗菜、报春花科的糙毛报春，还有百合科洼瓣花属的洼瓣花以及小丛红景天都在悬崖峭壁间成长，越是陡峭的岩壁，岩缝里长出的花朵越是鲜艳魅惑。荨麻躲在角落里，用小小的尖刺提防从它身边经过的人，小刺大概携带了小剂量的毒，一旦被触及，皮肤就会长出明晃晃的小水疱，水疱火烧火燎地痛，用长在水沟边的艾叶擦拭后方可慢慢褪去。但在民间的小吃里，流行一种叫"背口袋"的食物，就是用晾晒后的荨麻做成的，热腾腾的"背口袋"放到嘴里，口舌生津，大概所有人也将它袭人的小刺忘得一干二净。

　　很多时候，人们会把藓状雪灵芝看成是盛开在石头上的花朵。因为它特别低矮，它还未完全展开的叶子也像极了石头的颜色，在高原腹地，雪灵芝的品种很多，雪灵芝在花开时节活力四射，但也有类似苔藓一样的植物在石头上不规则地排列，就像是一朵朵匍匐在石头表层上纹丝不动的花朵，无论春夏，无论秋冬，都会附着在石头之上，它们几乎长进石头里，和石头融为一体。不规则的花朵形似海底的水母，又像是一个个失去生命的珊瑚虫，似乎，在石头上面就可以看到一片波涛汹涌的大海。我甚至在想亿万年前这里的模样，大海碧波荡漾，一望无际，后来陆地凸起，水面消失，但石头留下来，海底的珊瑚留下来，我们祖先的脖子里挂起了用珊瑚做成的饰品。我会为我不着边际的想法哑然失笑，但每次见到石头上那些不言不语的花朵时，这种想法不请自来。或许那便是自然本身所携带的密码，上面写满了密密麻麻我看不懂的文字，它们深情地描绘，大声地讲述，但我是它的陌生人，是过客，我只能在自己荒诞的想法里感动不已。

察汗河里的鞭麻、甘青锦鸡儿、高山绣线菊混长在一起，它们的主体都是一副灰不溜秋的样子，上面生长的尖刺更是平添许多丑陋和粗糙。若不仔细观察，很难看出它们的区别，只是开花之后便一目了然。蔷薇科的鞭麻开出的花有黄白两种，被叫作金露梅和银露梅；锦鸡儿开出的花朵如一只只正在拼尽全力打鸣的小公鸡，它们伸长了脖子还拍打着翅膀；而高山绣线菊白色的细碎花朵密密匝匝缀满了枝条，花瓣娇嫩如婴孩的手臂，仿佛只要轻轻一抬就会滴出水来，而那本来干瘪难看的枝条不失庄重地挑起花儿们。山岭里还有一种开细碎白花的灌木，被叫作水枸子，一直觉得高山绣线菊和水枸子的花朵很像，花朵都很细小密集，开花也是一副轰轰烈烈的样子。而鲁迅先生在《从百草园到三味书屋》里提到的覆盆子也是开出黄色鲜亮的花朵。鲁迅在他的文章中说：如果不怕刺，还可以摘到覆盆子，像小珊瑚攒成的小球，又酸又甜，色味都比桑葚要好得远。实际上覆盆子也叫树莓，成熟的果实和桑葚很像，但的确比桑葚好吃许多。我甚至觉得山岭里的覆盆子比百草园的还要好吃。一种叫黑茶藨子的植物在察汗河流域的山坡里自由自在、满山满洼地生长，老师说人们常吃的黑加仑就来自黑茶藨子，顿时惊愕不已，一直以为黑加仑是被种在庄稼地里的葡萄，黑加仑是葡萄干之一，看来我这种自以为是的判断大错特错。山林里的植物总是给人以出其不意的惊喜，又让自己觉得知识匮乏、见解粗陋，但无论怎样的尴尬都让自己在见到这些繁盛的植物时热情高涨，忘了山外还有另一种繁华的世界。

山岭里高大的树木和茂密的灌木成了主角,而那些小花小草在高大树木下,在灌木丛里,在悬崖之上,在溪水边,在石头缝里自在生长,寂静欢喜。都说在全部的造物里,最弱小的,往往最富于生命力,在造物的序列中,对于最底层和最弱小的"承受者",上天不仅仅保持它们数量上的优势,也赋予了它们造物的生命力,草是这样。所以,悬崖之上的报春花,悬崖之下的胭脂花,山坡上毛茛状的金莲花,荆棘边上的甘青铁线莲,树荫下的腺毛唐松草以及大叶碎米荠、珠芽蓼、大黄、秦艽、树莓、蛇莓、草莓等各种小花小草似乎竭力地阐释这句话。

我曾听友人说高原两个月的夏天是上天借给人间的礼物,所以,多么珍贵的礼物!似乎那些花儿比人还懂得如何珍惜这来之不易的季节,它们在高原短暂的夏天里努力开放的姿态在山岭深处千娇百媚、风情万种。如此,花盆里的种子,总是手持盲杖般前行,总是四顾茫然,小心地伸出触角又反复缩回。而大地中的种子们在属于它们的季节里无所畏惧,你呼我应,此起彼伏,争先恐后蔓延根系,横冲直撞,呼呼啦啦,沸沸扬扬。

此时,树在树下乘凉,花于花中芬芳。鸟雀鸣叫声,水流汩汩声,风过树叶簌簌声,人坐在石头上的聆听声,叹息声……此刻,万物的声音都在大地上汇集,那声音仿佛是夏季盛行于高原的阳光,遥远而清晰。

生动的大地,自身就是一个真理。

三

天气阴沉,我从报纸上看到有一个叫尕漏的地方,说尕漏的杜鹃花开了,美不胜收。

尽管天公不作美,我依然在阴沉的天里出发去尕漏。

到尕漏村大门口的时候已是午后两点，三三两两的游人正从大门里往外出，我与他们逆向而行，三两点雨从空中落下。

走不多时碰到附近施工的村民，我问他们山中的杜鹃是否还很远，他们说很远，看着天要下雨，你可能走不到了，还是回吧。

我说我带了伞。他们说那你把伞打好，要注意安全。

我说山里有狼吗？他们说山里有牛，有羊。

一条泥泞小路从脚下起始，伸向远处。泥泞小路的近旁开满了花儿，黄色蒲公英占了主角。每一朵上面都是露珠，在微风里凄楚动人。

再往上走，就有开得繁盛的金露梅和银露梅。金露梅亮黄，银露梅雪白。记得家乡的大山里也有金露梅和银露梅，第一次见它们的时候觉得既粗糙又硬实，毫无美感。父亲说那是鞭麻，可做烧柴用。父亲就从山里背了许多鞭麻回来，放在院子里晾晒，我从上面走过的时候就被它们坚硬的枝干和斜刺里长出来的类似尖刺般的东西戳疼了脚踝。也不知道父亲当初是如何将一大捆湿漉漉的鞭麻从陡峭的山岭里带回家的，想起老师曾说父亲的名字叫作忍辱负重，也就释然。

我蹲在地上给金露梅和银露梅拍照，总觉得路边的野花比家养的花更有吸引力，颜色更鲜亮，看上去肤色也更健康。路过的村民心生担忧：你这速度啥时候能走到山里，山里有很多好看的花儿，姑娘，你听我的话，回家去吧，等天晴再来。

说话的是一个老者，他说他要去山里赶牛，天黑之前要把牛赶到圈里。他有着父亲一样慈祥黝黑的面孔。

"请问，您见过山里的杜鹃吗？"我问。

"咳，我天天在山里放牛，能不见吗？"

"杜鹃是不是很好看？"

"那能有什么好看的，就几朵白花开在一起，和别的花一样，我要不是去赶牛,才不愿意去走那条路,山里的路不好走,下雨之后更不好走,一不小心就会摔倒,姑娘,你肯定上不去的,还是回去吧。"

"可是,我都来了,我想试试。"

"你们这些城里人,脑子麻达了。"

他已经甩开我,我又被路上的花儿吸引。我叫不上那些花的名字,就只觉得好看。友人在她的书里说:我无法一一看到这些植物曾经苍翠的容貌,也无法脱离药物而给予它们一些尊重,我只是觉察到它们的好,却说不出缘由。而我,此时看到它们苍翠的样子,想象不出苍翠以外的模样,我只是觉得它们好,却说不出缘由。

雨越下越大,我带了伞,我打开伞。似乎一把伞就可以支撑我全部的世界。想起于丹在某年某月某日行走于敦煌沙漠,出发前给自己师兄留一张纸条:不要担心,我带了手电筒。似乎,手电筒的那一束光就可以使她黑暗的视野变成白昼。

如果不是自欺欺人,某一时刻,一把伞、一个手电筒可给人足够多的勇气和足够多的安全感,甚至比人安全。

我打着一把红色的伞踟蹰行走,原本静卧在草地上的牛打着响鼻,起身,聚拢,有些牛开始尥蹶子。

突然想起牛可能对红色敏感,它们突然激动是不是因为我所带红色的伞醒目,让原本安静的牛儿感到惊恐。也或许是我惊恐,我将我的惊恐传递给它们,它们也便变得惊恐。我收起伞,减少自己的惊恐。即便身后的牛为某件事惊恐万状,我不再觉得它们是冲着我来的。

原来,一把伞给我安全的同时也给我带来了危险。同样,在于丹的故事里那个手电筒并不能让她安全地走出沙漠,她的师兄在沙漠里找到她的时候她正绝望地看着星星,感受从未有过的寒冷。

远处,雾锁山头,我和我所期望的杜鹃还有一座山的距离。我和之前劝我回家的老乡有一个模糊背影的距离。

雨下得淅淅沥沥，我在淅淅沥沥的雨里成了落汤鸡。一只尾部拖着圆球的蜘蛛快速从脚底下穿过，蒲公英和草莓匍匐在地，又将自己的鲜亮细碎的花儿倔强向上。

很多时候，人不如一株植物，植物沉默，顺其自然。而我明明知道自己到不了心中的目的地，却一再坚持，努力说服自己不要放弃，又坚韧，又浪费。

似乎，整个山岭里只有我一个人，我行走，气喘吁吁，呼吸却轻如羽翼。我生出荒诞的想法，想起戴青塔娜的一句歌词：我暴露在深深的寂静中，听得到，那已远去却回荡在耳边陌生的欢笑，我将自己埋葬，祭献给一片无人的荒原。于是羡慕一棵树，一半阴凉，一半阳光；羡慕一株草，一半泥土，一半天空。

隔着屏幕，我对友人说：我想把自己祭献给一片无人的荒原。

友人嗔怪：祭献的想法想一下就可，赶紧回家，不安全，或者我来接你。这样的话语几乎覆盖了雨声。

友人在平常的生活中是个急性子的人，雷厉风行，似乎，我可以感受到她已经起身收拾桌子上纸笔的样子。

我说我就站在山野听会儿雨，然后回去，没有问题。

"这么大一个人，为什么照顾不好自己。"她继续不管不顾地责怪。

其实，很多时候我情愿一个人流浪，避开那些热闹的场景。在有些热闹的场景我手足无措，我的陌生，也只有我自己看得见。

我知道有一刻也有很多事情同时发生：嘲笑、遁逃、隐匿、糊涂和敏感。也有一刻我会成为主角。

雨越下越大，滂沱而下，远处牛群移动。我处在半山腰，我连半朵杜鹃都没有看见。

一只长尾巴的雉鸡嘲笑我。三只长着长角的山羊盯着我。两只窜来窜去的狗朝我乱喊乱叫。

此时，山岭里的我，可以满足它们的好奇和有别于往日的表情。而我也只剩下我，却感到自己仿佛变得蔚蓝，变得无边无际。

那张模糊的笑脸和那双模糊的眼，在雨里清晰。她说她曾看到大片的马兰花盛开在她的视野里，她说她要带我去看。

她说过的。

牧马人骑着马跑过，嗒嗒的马蹄声蔓延，山野响亮；雨敲打雨伞，发出清脆的声音，山野响亮；远处的牛群移动，风吹过来铜铃的声音，山野响亮。

我离杜鹃还有半个山坡的距离，时间已到下午四点三十分，我决定回去。

老师曾说此刻之缘已失，下刻之遇未卜。而我不能将自己的暗里倔强用这种毫无意义的方式表达出来，让远在远方的人心生担忧，或许山岭里蛰伏着我所不能察觉的危险，我不能将自己交给危险。

我无功而返，一步一滑往前，身后的牛群快速地移动，半个小时后我又见到之前那个脸色沧桑的老乡，他浑身湿透，他和我说话：我说了你上不去山，你不听，城里人娇贵，不能和我们比。

我想我原本也不是城里人啊，我在少年时被瓢泼大雨淋过，站在山顶的我无处躲藏，任凭帘子般的雨水从头顶落下。无处躲避的我将自己当成一棵树。那个在大雨来临前从羊肠小道一路跑下去的男孩不知有没有到家，山下的洪水漫过桥面，男孩的妈妈号啕大哭，说她的孩子可能被洪水冲走了。

当男孩完好无损地出现在她的面前时，她破涕为笑。而那场雨一次又一次出现在我的梦里，越是担心，越是来得凶猛。后面医生说我被那场雨"阴"着了,开了一大堆药,我将药藏在柜子后面,我说我好了。

一年之后,那场大雨从我的世界消失了,医生开的药还在柜子里。

泥泞小路从远处开始,伸向远处。我和赶着牛的大叔打着招呼:大叔,我走了啊,等天晴再来。

他笑,一点点小得意。

天晴后我又一次来到这个叫尕漏的地方。

雨后初晴,所有植物又多了一层绿。比起下雨时节,牛也多起来,小牛犊哞哞叫着在母亲身旁撒娇,看到陌生人来,还会撒腿跑。但凡有一头小牛跑起来,就会有更多的小牛犊在草地上撒欢。又淘气,又可爱。母亲站在不远处,迟迟唤不回嬉戏的儿童。

牛在草地上随意地走动,又随意卧在草地上。即便有人经过旁边也是不惊慌,用眼光捕捉人的踪影,还仰起头叫两声。

可我还是害怕,我害怕我从它们面前经过的时候它们会突然跳起来进攻我,所以远远地躲开,绕着牛走,加快步伐,还时不时回头望。

但越是这样,我就越多次看到摇头晃脑的牛向我奔来。

实际上,我所有的惊恐来自我自己,所有的牛都在属于它们的土地上或行走,或停留,那些看上去向我奔来的牛也在某处停住脚步,在某处啃食青草。那些吃饱的牛卧在青草之上,看来来往往的行人,就如同行人看它们般随意、自然。

碰到打蕨菜的妇女,手里提着新鲜的蕨菜。我问她杜鹃花离我目的地还有多远,她说蕨菜是打给亲戚的,不卖。

"杜鹃花离我还远吗?"

"山里蕨菜并不多。"她说。

我确实不知道我们的对话为何会这样,我说我的杜鹃,她说她的蕨菜。

"蕨菜好吃吗？"我准备妥协。

"蕨菜有羊蕨菜，还有牛蕨菜，牛蕨菜比羊蕨菜好吃些，但是这山里多半都是羊蕨菜，偶尔也会碰到牛蕨菜，那还要看你运气好不好。"

看上去她对蕨菜更感兴趣，而对我说的杜鹃却露出那日雨天和放牛老乡般的漠然，她对我反复说的杜鹃置若罔闻。我猜想，如果我问一句"杜鹃好看吗"的话，说不准她也会有相同的答案："那有什么好看的，就几朵花开在一起，漫山遍野都是，村庄里的所有人都见过了，就你们这些城里人大惊小怪，非要走那么远的路看什么杜鹃。"

"那杜鹃就是我们说的冬青呀，为何还要叫个杜鹃？"

为何还要叫个杜鹃，我很难说清楚。友人在她的书中说：夏天，会跟着母亲去高山上割头花杜鹃，并将成捆的头花杜鹃背回家，晒干，做柴火。头花杜鹃便是晒干后，清香依旧馥郁，花朵形状完整，放进灶膛时，不仅火焰旺，还毕剥作响，我们叫它"香柴"。

小时候的记忆里老家的大山里也有杜鹃，我们将它唤作"枇杷"，未经考证，不知道"枇杷"的名字从何而来，大家都这么叫，我也跟着叫。就如同友人文字中的香柴一般。

记得有一年母亲和姐姐一大早就出发了，她们骗我说是去山林里摘杜鹃花，那时候我还小，好骗。我坐在门槛上等了整整一天，第二天再等，下雨天的时候也等，我甚至想着母亲手里可能摘了大把紫色、白色的花儿，姐姐可能在发间、耳朵后面别了一枝或紫色或白色的花朵。邻居家的大妈经过我家门口看到坐在门槛上的我就问："你妈呢？"

"去山里摘花了，她说她要摘大朵的花儿，插到花瓶里。"

"不可能吧？你妈怎么会有闲暇时间去山里摘花，地里的杂草都要淹掉麦子了，她还有心思去摘花？"

不管怎样，我还是相信我妈之前说过的话。后来我妈和姐姐回来了，她俩两手空空，她们说山林里的路太难走，走了好几天都没走到杜鹃花盛开的地方，所以就更不要说摘花了。我妈说斜刺里长出来的松树枝划破了她的脖子。我看到她脖子上的纱布，也相信她的这句话。只是我还在遗憾母亲没摘到白色和紫色的花朵，那个被我洗了又洗的玻璃瓶子空置了整个夏季，我也没看到姐姐因为在发间别了一枝花束而让她比往日更妩媚的模样，于是遗憾。

直到有一天她俩说到有一年夏天她们用五天时间去医院做手术的事，我妈说旁边床位上的病人给了她们一碗粥，那粥里有剁碎了的牛肉，好吃极了，我姐说是的是的。我猜想，我妈和姐姐与我心中的杜鹃花失之交臂是因为她们去了医院，而我坐在门槛上等了一天又一天。

我也曾听先生说过他小时候跟着自己的母亲去山里采过杜鹃。

"那杜鹃香得很，很远就能闻到它的香味，满山林的都是花儿的味道，坐在花丛中根本不想走，我蹲在树下不出声，让阿妈着急了好一阵子。"

他这样说的时候我就很羡慕，我时常想象一种花朵覆盖山坡如锦缎般铺开的场面。我置身其中，不说话，却胜千言万语。或者与母亲同行，她在前面，我踩着她的脚印小心前行。或者与先生同行，他在前面，伸出手拉住走在后面的我。

那天雨中，我和我的杜鹃隔着半座山坡的距离，因为大雨不得已返回。又在阳光灿烂的日子里出发，去寻母亲和先生及友人说过的枇杷。

和路遇的打蕨菜的妇女话说多了，她就变得和颜悦色。她手指山林，说走这条路最近，说那面山坡上的花最多，说西面的山上开满了紫色的花。

我已经走了两个小时，我很难做出抉择，我想起一则广告语："你到底想要哪一罐？"回答曰："两罐都想要啊。"毕竟，那是广告，而在现实里，"两罐都想要啊"实在太难，几乎不可能。

在阳光下行走两个小时，实在辛苦。疲惫、饥饿、汗流浃背一并袭来。甚至有那么一刻连一步路都不想走了。我想到让我放弃的一百个理由中的其中一个："那有啥看头，就几朵花开在一起"。

可我知道，即便有一千条理由唆使我放弃，我依然选择前行，你曾说最怕无能为力时选择顺其自然，你曾说我们给自己的安慰太多了。

举目上望，视野所及处有大片雪一样的白色，而在山腰处紫色的花朵如锦缎般铺开在山岭里。地面湿滑，昆虫和野草繁盛，我在草木的缝隙里小心翼翼前行，我想到一条蛇，想到一个陷阱，想到树上长满的尖刺，但在最终，我只想到杜鹃像雪一样白。

步行三个小时后，我终于到达了白色杜鹃盛开的地方，她应该属于高山杜鹃的一种，植物百科上说高山杜鹃花序顶生，伞形，有花数朵；花萼小，红色或紫色，花冠宽漏斗状；花朵淡紫蔷薇色至紫色，罕为白色。而在这里，满目皆是白色的高山杜鹃，一大群人隐藏其中都很难发现其踪迹。我并没有初见时的喜悦，我只是在想象一种场景，比如原本属于母亲的杜鹃花，属于先生的杜鹃花，属于友人的杜鹃花，我将自己扮成不同的角色，去感受，去交谈，去倾听……

余秀华在她的诗中说：

　　当我从大地上重新捧起虚妄
　　当我从大地上哭泣着捧起虚妄
　　然后呼唤什么就是什么：庄稼、野草、昆虫。

马儿的嘶鸣声从天上来，远处牛铃叮当作响，伞状的杜鹃依托紫色的花柄，几朵花凑在一起成为大伞，苔藓覆盖岩壁，松软如长纤锦纶织就的毯子，细小的花朵从苔藓的缝隙里伸出头来，如星星点缀星空，昆虫忙碌，野草繁盛，此时，我呼唤什么就是什么。

我用十分钟的时间喘息，用十分钟的时间看几朵花开的模样，然后起身离开。那些一遍遍畅想过的场景无法真实上演，即便分饰不同的角色，也还是独角戏。美国哲学家梭罗曾这样表达过对自然、对生命的看法，他说：我步入丛林，我想知道生活的意义，我从中学习，免得在生命终结的时候，好像从来没有活过一样。而我，从此以后就可以大声告诉别人：我见到枇杷了，那花儿香得很，老远就可以闻到香味，坐在那里根本不想走……

仿佛身临其境，又仿佛道听途说。

我择一条布满荆棘的道路回返，有时候，似乎越是艰险的路越让人走得忘乎所以、忘记现实。所以，我看见了那朵绿绒蒿，如紫色绸缎般盛开的绿绒蒿。她在我途经的路上在一块大石头下面的阴凉处安静、孤单地开放。我原本可以走一条平坦些的道路，却鬼使神差地跑到另一条满是荆棘的路上，而那枝长在大石头下的绿绒蒿似乎是在专门等我来，且用最醒目的姿势让我看得到。

看到它的那一刻眼睛有了酸涩感，第一次听说绿绒蒿是在董卿主持的《朗读者》上，她说四百多位植物学家、植物画家从上世纪五十年代开始，用四十五年的时间完成一部叫《中国植物志》的巨著，共126册，光目录和索引就有1155页。作为中国植物画第一人的曾孝濂老先生用他的画笔画下美丽绝伦的绿绒蒿，引得世人唏嘘不断，他说绿绒蒿生长在海拔3000—5000米的地方，那里土壤稀薄，环境非常严酷，在严重缺氧的高原寒地突然看见一朵张力四射的花朵被太阳的光线赋予某种绚丽的色彩，丝滑如绸缎，就会忍不住激动。

原本跑去看白色杜鹃的人在某处猝不及防地和一枝紫色的绿绒蒿相

逢，且是较为罕见的久治绿绒蒿，有些复杂的情绪浸染开来。你说：一些事物看不到，这并不等于看不到所有，总有一些另外的事物，在静谧的地方，存在着。在高山上，或者，雪水渐次融化的原野，生长，飞翔，流动。

四

青海湖的阳光正值正午，强烈，灼热。烟色浩渺，深邃而纯净。一面硕大的蔚蓝镜子正在反射出天空的蔚蓝。大朵的云浓密，低垂如幕，似乎一伸手就能扯下一大片来。站在沙滩上的人们感受到强烈的温度，慌忙用伞遮挡纷披而下的光线。但脚下的湖水依然清凉，有着高原应有的温度，海浪从遥远的地方欢唱着一波波走过来，拍打着岸边。

远处金黄色的油菜花点缀蔚蓝，游人接踵而至，拿出纱巾，摆出好看的姿势，拍照，上传，炫耀，忙碌不已。大暑时节，白天的青海湖有着不同于往日的繁华，处处热闹，处处人声鼎沸。

栖息在青海湖周边的水鸟也开始忙碌。它们一边小心翼翼地提防入侵的行人，一边使尽浑身解数养儿育女。它们在空中鸣叫，有时翅膀拍打着水面，声音在广阔的湖面上传到很远的地方。斑头雁父母在水域深处带着孩子们嬉戏玩耍，一会儿游进人们的视线，一会儿又远远地游离开来。一只鱼鸥盘旋在水面，目光紧盯着水面，它不停地拍动翅膀，努力使自己保持平衡。它有好看的红色嘴巴，嘴尖端稍弯，上下点缀黑斑。倏忽，如剑一般俯冲而下，很快又从水里飞起来，就如同那只盘旋在辽阔大地上面的苍鹰，一次次找寻目标，一次次俯冲，一条小鱼的尾巴从它的红色嘴巴里露出来。它听到不远处的沼泽地中有"呀呀"的呼唤声，它把小鱼放到其中一张小嘴中，又回到刚刚捕捉到小鱼的地方。

鱼鸥飞去来回，不远处的两只小生命一丝不苟地盯着母亲的身影，母亲一丝不苟地盯着水面，唯恐错过某一个稍纵即逝的机会。尝试十多次，成功一次，也算是较高的成功率了。或者有一次，刚刚捉到的小鱼从鱼鸥的大嘴中滑落下来，再次跌落水中，水面溅起水花，随即平静。不远处的两只小生命依然"呀呀"地呼唤着母亲，母亲再次盘旋在水面，拍打着翅膀，尽力保持平衡。

　　鸟学家将鸟儿的叫声分成两种，即"鸣啭"和"叙鸣"。"鸣啭"是歌唱，主要是雄鸟在春天对爱情的抒发，"叙鸣"是言说，是鸟儿之间日常信息的沟通。如果春天时我们听到赏心悦耳的鸟鸣声，那可能是"鸣啭"，而小鱼鸥的叫声必然是"叙鸣"，如呱呱坠地的小婴儿，向母亲表达他们的饥饿、惊奇、满意及感谢等。而有了孩子的母亲只盯着水面，找寻一条小鱼游弋的线路，忘记了曾经令它心动的鸣啭声。

　　大暑时节，青海湖周边大片湿地中，水草茂盛，指甲大的蓝色蝴蝶流连于花草间。落单的或成对的鸟儿在水草间穿梭游弋，躲开游人。人们一次次成为闯入它们领地的不速之客，而它们却一再做着让步。大概在空无一人的夜晚，湖面洒落星光，月亮在波光粼粼的水面穿行，水面下的鱼群已安静，鸟雀归巢，此时只有猎猎风声震耳欲聋，大风令星空一片混乱，耀眼灿烂，银河流得哗啦作响。或许，这里才可以回归到最真实的模样。

　　我们可以想象青海湖最原始的模样，亿万年前整个青藏高原波涛汹涌，后来经几次地壳运动，这个原本波涛汹涌的地方成了年轻的高原，而在祁连山脉、大通山、日月山的断层陷层中形成一块碧波千顷的淡水湖，而后又逐渐成为内陆最大的咸水湖。用一种与世无争的姿态屹立在高地之上，又以高傲的姿态追忆亿万年前这里碧波荡漾的模样。于是想起一首诗歌里的其中两句：请不要把那潜水的本领说得太玄，我祖先的项链就是那海底的珊瑚。

那个最早发现青海湖的人感慨青海湖之魅惑,无与伦比。越来越多的人在夏季时来到这里,感受青海湖之魅惑:广阔的牧场绿茵如毯;望不到边的油菜花迎风飘香;牧民的帐篷星罗棋布;沿途所见是成群结队的牦牛,阳光中远处的沼泽如翡翠一般,一座又一座的玛尼石堆显现在视野里。朝着风和太阳,野花汇集如绸缎,河流贯穿,湖泊星罗棋布,人在云水间游走,恍如仙境。

如果有几只兔子蹦出来,一跳一跳钻到蒿草更深处,站在旷野之上的人们更能想象这片广阔田野的繁荣。但在游人繁多的时节,那些野兔只能躲在洞穴深处。

五

山岭里,一头牛在离我很远的地方发出很大的响鼻声,似是因为我踏入它的领地而向我发出警告。田野里还有牧羊人,他们站在山的顶端,如一尊缓慢移动的雕塑,或者像长在山顶上的植株,他们抽旱烟,烟瓶顶端冒出青色的烟,烟气在空旷的田野里袅袅升腾。

秋天苍茫,空旷辽阔,植物的种子日渐饱满,成熟,急于离开母体。看上去每一种生存并繁殖的植物都学会了繁衍,它们将种子沾染在我的裤脚之上,无规则排列。偶然有一粒种子撒落,又有新的种子填补,图案之上是一朵玫瑰,或是一枝干瘪的树杈,抑或是一朵失去色彩的鸢尾花。不同的种子加入浩浩荡荡的迁徙队伍中,不时选择合适的环境留下来。

我带着它们翻越一座山,再翻越一座山。我们都没有明确的目标,但流浪的队伍越来越壮大,从山林到沟壑再到小溪,一粒种子随着水流驶向远处；又有一粒种子跌落，掉进菜园里；还有一粒种子被旁边的鸟儿衔走了；还有的躺在路中间的浮土中等过往的车辆碾轧……

秋虫鸣叫，在阳光下此起彼伏，密集如落雨。原本安静的田野在它们不停歇的叫声里变得分外繁华，一只黑色的小虫缓慢地爬上香薷毛茸茸的花朵上，抖抖翅膀，飞走。摇曳的草木发出细细碎碎的声音，似是窃窃私语，耳鬓厮磨，忙碌不已。在空旷的田野里，到处都是它们快乐的说笑声。

草场上草木葳蕤，草木之下的泥土泛着黑色的光亮。草丛里鸟儿雀跃，叽叽喳喳争吵不休，它们看到一个陌生的面孔突然闯入它们的领地，心生警惕，用高八度的声音吓唬这个陌生人，但是毫无成效。它们用自己透亮的眼睛打量这个陌生人，用左眼看，再用右眼看，在几步开外跳两下飞起来，再落下。它们反复地做着同一动作，从恐惧、惊诧、惊奇，到习以为常。

其实，我很希望自己用一下午的时间变成一只小虫，或者一株草。和它们俯下身愉快地交流，看它们眉开眼笑，用一个叫"感同身受"的词和它们站在一起。静坐，休息，吃饭，你推我搡，和衣而卧。

田野空旷，用自己巨大的襁褓包裹人们的灵魂：呼吸，沉默，叹息。在山的顶端，裸露在风里的我，似是长成了山上最高的一株植物，周身披着秋日的光晕，寂静而忧伤。我在想山下那些比我低矮的植物是不是也在羡慕我的高度，或者也想尝试人之任性与自由。或许它们很难相信，我此时正在羡慕它们。

山的另一边，油菜脱去枝叶，硕大的孕肚裸露在风里，随风起伏。和风起伏的还有麦子，麦穗金黄，麦秆变得纤细，脆弱，仿佛一阵大风，就能吹倒一大片。收获季，分娩的阵痛即将来临，大概也是痛并快乐。镶嵌在半山腰的村庄烟囱中冒出青烟，笼罩在村庄之上，往山坡蔓延。路边鸟雀啄食沙棘,橘红的沙棘在阳光里生出细小的光芒,亮晶晶的,似小珊瑚。深蓝色幕布一样的天覆盖着田野,有着异样的妩媚和悲怆。

此时,田野里色泽明亮,混搭,叛逆,真实。

天边的云朵升起来,似是拿了枪矛冲锋,不一会儿就侵占了北方的半边天。雷声隆隆,那些鸣叫的鸟雀遁逃,在风雨来临之前找到属于自己的庇护所。

视野里,远处的羊群走向更远处。风悄悄地鼓动着麻制衣服,于是,那瑟瑟抖动的宽大衣袖,就成了此时死气沉沉的潮湿空气中唯一的一线自由。

六

在山丹军马场看到那些马儿的时候,它们正驮着游人往山坡上走,它们拼命地判断游人给予的指令,或站立,或前行。刚要迈开前蹄,马背上的游人拽紧了缰绳,它不得不站在原地打转。于是,一队拥有十匹马的马队走得战战兢兢、小心翼翼,像打了败仗般灰头土脸。

游人将马停下来,在马背上摆姿势,看上去威风凛凛,似一个威武雄壮的骑士,马儿抽空低头吃几口草,因为戴着嘴镣,吃得勉强。游人拍照,再策马返回。马儿往回走时显得急切,牧马人无限感慨地说:它们也知道自己要下班了,该是它们吃饭的时候了。

马队浩浩荡荡从浅草间穿过,用杂乱无章的步调走出歪歪斜斜的细长影子。

晚八点,太阳刚好落山,卸去马鞍和嘴镣的马儿呼呼地往山坡上冲。我鼓足勇气站在它们的必经之路上,即便只是偶然遇见,却有着莫名的亲切，它们铿锵向前，用漂亮的大眼睛望向我，又急急赶往水草茂盛的地方。穿着迷彩服的牧马人朝着我大声喊叫：往后往后！他的声音在风里逐渐隐匿，传到我耳边时最后一匹马也已从我眼前经过，脱去马鞍的马匹在落日金黄的余晖里浑身泛着油光，深棕、黑色、白色的毛发似乎才刚刚打过蜡。它们在马主人还未及自己身边时乘机低头顺几口青草吃。

马群啃食青草，鬃毛轻微抖动，尾巴左右翻打抵御蚊虫攻击。我站在不远处看它们啃食青草的模样，英姿勃发。马蹄起，马蹄落，发出清脆铿锵之声，和之前在游人胯下的马儿有着天壤之别。也或许在此时，它们才把真实的自己交付给了大地。

"我想跟着它们跑，想去看它吃草。"牧马人也打马经过，我大声地征求他的意见。

"跟不上的。"

"能跟多少算多少。"

我跟着它们跑，没过多久，已被它们远远甩开。我继续往山里走，急促的呼吸声几乎要淹没了风声。

自古以来，都说祁连山下好牧场，此时，视野中的祁连山脉以黛青的主色调无限静默地向远处延升。草场上野花缤纷，黄色的金露梅和白色的银露梅占了主角，胭脂花是玫红色的，鸢尾花是紫色的，大黄是红色的，蛇莓和蕨麻开出细小的黄色花朵，而草莓又开出细碎鲜亮的白色花朵……它们在阳光下泛着晶莹的光芒，在峡谷间狭长的风里翩翩起舞，谈情说爱。那里也是马儿们夜晚时分的狂欢地，它们仰着头"咴咴"地叫，叫声响亮。它们摆脱了白天的束缚，随意地走动，它们还要抽出时间互相爱慕。更令它们欢欣的是它们可以循着青草的味道，吃得满口生津。

我顺着山梁走，山野里尽是鸟儿鸣啭声、昆虫吟唱声。似乎博大却又沉寂的祁连山让那些属于自然的声音无限壮大起来，所有的植物都高过游人的眼睛。举头仰望，云朵、青草、风，属于原野的所有元素汇聚。不知不觉草原延伸到天空，群山幻化成大块大块的云朵。世界变成风，缓急交错。风停下来，巨大的世界隐匿，只剩下平静的心，还有不知哪里突然浮现的斜跨马背的牧马人。

当我翻过一个不大的垭口，那些原本消失在视线里的马儿再一次出现在视野里，它们已和田野混为一体，远处的田野里有肥美的牧草和深邃辽阔的湖泊。马儿也似乎和天上的云朵混为一体，它们在天上游走，像云朵一样轻盈。散开的大马群勾勒出优美的山形，而我在田野的另一边，似乎也变成了一匹马。

这里便是山丹军马场的腹地，地处张掖地区山丹县南55公里处的祁连山区大马营草场。此时，显现在视野中的冷龙岭山体高大、厚重、峰峦叠嶂，似气势磅礴的伟丈夫在日月下高耸入云，雄浑冷峻。有说冷龙岭是祁连山的心脏，也是山丹军马场的地标。在军马一场任何一个角落，只要抬头就可见高入云端巅连不断的祁连雪峰。而在青海门源境内巍然屹立的岗什卡雪峰便是冷龙岭之首。当地人们相传天上的众神时常降临此山，聚会、煨桑。那高空风造成的旗云就成为众神们燃着的桑烟。

起初，我从青海境内经海拔3767米的景阳岭垭口往张掖方向时，看到满山满洼的白雪，我置身于那片雪原中的高大坂上，感觉盛夏时节的景阳岭垭口已在初冬季节，草木萧瑟，不见牛羊。公路旁只孤零零立着路标指示牌。车辆在狭长的峡谷里穿行，如一艘驶过万重山的小舟，两侧的山脉大写意般快速地后退，退至看不见的视野里。我甚至想象会不会有一只狼跳出来堵在车前，和我对峙；或者是两只狼，一只假寐，一只伺机攻击；或者一群狼，头狼仰着头嚎叫，引来更多的狼围观。我想象自己是蒲松龄笔下的屠夫，几经努力，突出重围；也想象自己是"关山度若飞"的花木兰，手起刀落，气吞万里如虎；还想象自己是卫青军队里的一名女将，女扮男装混迹在军营里，且提起双枪时威风凛凛；或者是一名军医，能将年轻的霍将军医治好，再让他回到军营里面，一声怒喝就将匈奴吓到百里开外。

我甚至开始想象峡谷之外的荒凉，想象大漠、戈壁、落日、孤烟。想象方圆几十公里寸草不生的寂寞，还想象一座城堡在风里噤若寒蝉的样子，无论哪一种想象，都让人在心底生出悲凉和万丈豪情。

可在峡谷之外，是一条笔直的公路，曾经的金戈铁马早已远去，"胡马，胡马，远放燕支山下"的况味也只靠语焉不详的体悟。公路两旁周边田野里麦子以及油菜大片大片地黄了，麦穗和油菜荚成熟覆拥，饱满零乱的草黄色之中，潜藏着强烈的收割气息。甚至车辆在行驶途中可见丰盈的水草和树木茂盛的绿洲。人们驻足，在旷野和草木旺盛处流连忘返，他们和陌生人打着照面，陌生人有热情羞涩的笑容。车辆顺着那条载满传奇的路向前，那些曾经旷日持久的荒凉早已遁去，这个叫山丹的地方，满眼尽是繁华，小城人声鼎沸，饭食溢香，街道干净，楼宇鳞次栉比。

夏日时节，来自四面八方的游客会聚于此，山丹显得热闹异常。

总觉得"山丹"是一个让人浮想联翩的地方，那里曾是茶马古道的一站，是商贾集聚地，是军事要塞，是良种马的培育基地，是隔了几千年之后还可以津津乐道的话题。而山丹的"马营"正是汉朝时期就建立的军马场，因为人勇马壮，汉武帝时期大将军卫青和霍去病将匈奴追至关外，使得边塞安宁，处于边塞的人民也免遭战争之创伤，在中国历史上留下了浓墨重彩的一笔。那个被称为大将军的人最先也只是个勇敢智慧的牧马人。他深爱马匹,他深谙马儿习性,马匹也爱他,马匹用速度和战绩报答他给予的青草和柔情。

我们下榻在马营深处的槐溪小镇营地,营地距离鸳鸯湖约两公里,被草木和群山包围,有清澈河水从营地前潺潺溪溪流过,河边铁线莲长得繁盛,一直爬到红柳树顶端,乍看过去,似是红柳开出了金色的花朵,还在风里摇啊,摇啊。营地里散落着小木屋,从远处看就像是长在辽阔草地里的黄蘑菇。马儿嘶鸣,草虫吟唱,鸟雀叙啐,游客喧哗,营地有着不同于往日的繁华。

夜晚时分坐在小木屋门口,仰头可见星空闪耀,银河在风里流动,哗啦啦作响。有几只从草丛里飞起的萤火虫儿提着灯笼毫无目的地游走,它们似乎是将天边的星火携在自己身上,照亮了坐在小木屋之前的人的眼眸,于是,夜晚变得明媚。坐在明媚辽阔的穹顶之下,铺天盖地的想象扑面而来,想象中会有马儿吃草的声音大过风声,它们将青草咀嚼出优美的天籁之声,它们的牙齿就是琴键,动听的音符在琴键上流动,和哗啦啦作响的银河合奏出美好乐章。似乎,它们从久远的年代中翩然而来,裹挟了战争的气息,一边啃食青草,一边做好了整装待发的准备,只要马背上的主人给出信号,就"咴咴"叫着,向目标前进。马匹日行千里也不觉疲乏,那个帅气的大司马骠骑大将军所到之处敌人土崩瓦解。畅想葡萄美酒装在夜光杯里的美轮美奂,再加上歌伎们弹奏起急促欢快的琵琶声助兴催饮声,想到即将跨马奔赴沙场杀敌报国,战士们个个豪情满怀,血气方刚的男儿便要豪饮千百杯,如若错过今日的一醉方休,还有明日否?那就省去那些横尸遍野的场景吧,只记得眼前繁华,不同于"人生得意须尽欢,莫使金樽空对月"的豪迈,不同于"钟鼓馔玉不足贵,但愿长醉不复醒"的忧伤,且喝且珍惜!

夜晚时分,山岭里的风声如战场上的马蹄声般震耳欲聋。一直觉得大风过后的星空比晴天时的星空更锐利璀璨。眼下星汉灿烂，我想起曾在一本书中看到这样的段落："太空中见到的地球壮美得令人窒息，但当你背向它的时候，一种莫名的孤独却会瞬间攫住心灵。"隔着久远年代，那个曾经的牧马人是否也在战争的杀伐声或万马奔腾的浩大声势中也感觉到了莫名的孤独，马儿是否感到孤独。而他一定不知道，千年之后，世间还有他的名字，他的精神被后人继承、传播并歌颂。

清晨，鸾鸟湖边聚集了几百匹马儿，此举为牧马人赶着马匹在鸾鸟湖饮马，几百匹马儿同时飞奔，扬起尘土。牧马人用山丹土话介绍：两匹腾起前蹄闹架的高个子黑马是英国纯血；在草地上打滚的金棕马是阿拉伯马；那匹鬃毛乱糟糟的栗色马是顿河马；性子活泼的马是山丹马……

我见到那匹拴在马桩上的马儿时，刚好是早上八点，穿了迷彩服的牧马人正在用温热的水给它洗澡，太阳的光芒越过山头来到了马舍旁，马匹抖动身子溅出七彩水珠。牧马人用刷子梳理马儿毛发，眼中有柔和的光，马儿打着响鼻，往牧马人身上靠，牧马人轻抚马儿鬃毛，等毛发全干时，放马鞍，擦去马镫上的泥土，系紧绳子，牧马人的动作行云流水，一丝不苟。我看到马儿浑圆的臀部上有一个大写的字母"A"。很是好奇，忍不住问旁边的牧马人，"A"为何意。牧马人说此马乃阿拉伯马和山丹马杂交的品种，叫阿丹马，所以做出记号。

一直以来对"汗血宝马""蒙古马"以及"阿拉伯马"这样的称呼有着印记，它们是马匹里的佼佼者。在远去的战争里，那些马儿仰着高傲的头颅，抖动着优美的鬃毛，和着宏大的旋律，在天空一样的草原上像鸟一样轻盈飞翔。而蒙古马作为中国最传统的马匹，很长时间里和自己的主人同生死，共命运，人马合一，展示出马的雄壮和力大无穷，创造出令敌人闻风丧胆的速度。而山丹军马场自古以来作为皇家骏马的培育基地，培育了大量品种优良的骏马。如今，属于战马的岁月早已远去，可是山丹军马场里马匹依然强健彪悍，牧场里的青草依然肥美，牧马人勤快而勇敢。

早上九点，所有马儿都已全副武装，等待游人翻牌子。它们的价格不一样，八十，一百六十。或翻山越岭，或在平地处遛弯，骑术娴熟的人还可以让马在草场上跑起来。它们多半会服从客人的喜好。但它们应该喜欢人马合一的感觉，喜欢明确的信号，走起路来节奏也明快轻松，最无所适从的就是骑在它背上的人混乱不堪，手中拽紧缰绳，心里却期盼马步轻盈。在这个金光四射的早晨，我和马儿们近距离亲密接触。它们温顺安静，眼睛里满是柔情，似乎处在没有任何嘈杂声音的环境中，与世无争，泰然自若，它们抖动鬃毛，只为驱赶苍蝇和蚊虫，它们似乎也在流露倦怠的神色。

我用我粗陋不堪的技术跨上马背，和很多游人一样，胯下马儿无所适从。它们欲进却退，在原地打着转。牧马人说你松开缰绳，让它自由走吧。我知道眼下这匹马性情温和，动作缓慢，骑它是安全的。可我笨拙僵硬的身体，与马匹、与空旷草原极不相称。在这种特定的场合，在需要显示勇气和粗犷的时候，我却早已是身体退化的文明人，我有些难过。骑在马背上，我希望马儿奔腾，以发泄被压抑了几千年的文明种族的活力与最初的东西；同时我又有一种恐惧，担心那马真的奋蹄而起，失去控制。在马背上的这段时间里，只能说成是游乐，是玩耍，而非骑马。因此，骑马便是对自己的嘲弄。身边不时有牧马人骑马飞奔而过，马声嘶鸣，顺着风跑，扬起的尘土跟着风跑，看着他远去的背影，我的心跟着他的马跑。

我的马儿在山巅缓慢地行走，时不时停下来啃食几口青草。我翻身下马，将缰绳牵在手里，马儿站立，它慢慢合眼，就在我深情注视它的眼神里睡着了。

我知道，我有一个牧马人的梦，为这个梦，从遥远的地方赶来，可是当和马匹站在一起时，我的梦逐渐隐退，消失，直到看不见。我知道，此时，真正的牧马人只在祁连山下的山丹军马场！即便，隔着千年之远，战争的痕迹只留在史书里，可一代一代的牧马人留下来了，一代一代的良种马留下来了，当我看见马儿浑圆的臀部大写的"A""D"时便知道，它们将会永远被留下来，以不同的形式留下来，被热爱，被传唱。

夜晚时分，看到穿了迷彩服的牧马人坐在木椅上大口吞饮啤酒，喝醉后就用极朴素的山丹土话开唱：

> 沙地里走路鞋烂了
> 鞋鞋里我衬了草了
> 沙枣开花十里香
> 叶叶发出了银光
> ……

七

青海海南以南的"过马营"，海拔 3107 米。

"过马营"这个名字总是给人想象。想象里有叱咤疆场的将军凯旋，昂首挺胸，打马走过；牧场里神威的河曲马膘肥体悍，牧马人英姿飒爽；一匹飞马驰骋而过，三千匹飞马仰天长啸。

翻看旧籍，果然此处前身乃国民政府军政部贵德军牧场。但在藏语里"多泉之川"才是"过马营"的真正谜底。后来，身处"过马营"的牧场依然叫作牧场，但鲜见马匹。马主人成了青稞田的主人。天地间马鸣萧萧的场景就变成了二十万亩青稞摩肩接踵的场景。

　　白露时节，青稞田裸露在高原上强烈刺眼的阳光下，每一道从蔚蓝深处倾泻而下的光在麦芒上变成了晶莹、细碎的反射光，微风吹拂，十万道光芒汇集，纷披掩映，接近成熟的青稞已谦恭地低下头去。此时，鸟雀之间传达西风带来的丰收消息，屹立在土地中央的稻草人迎风起舞，长袖飘飘。突兀在麦田里的稻草人似是一驾驭河曲马的骑者，正使劲地甩着响鞭，驱赶已经到来或即将到来的危险。但一只飞鸟站在它的帽檐上，左顾右盼。

　　青稞田整整齐齐摆在辽阔的高原大地上，仿佛一块看不见边的耀眼金块。青稞田是农历七月高原上最宝贵的财富，是大地蓄积的精华。风吹田地，青稞麦芒耳鬓厮磨，摇曳生情，它们窃窃私语，快乐地说笑。此时，流水迂回着穿过草原，羊群被嫁接到天上，原野之上全是青稞赋予的金色而深沉的力量，那是安抚的力量。

　　田主人的勇气与热情倾注于其中，他们黝黑的面孔在阳光下也泛着金色的光芒，他们喜形于色，用最具有说服力的词汇表达：你看，这个穗头横着有十二排，竖着有六列，去年每斤青稞卖到一元两角，希望今年的价格不要低于去年的，按照这样计算，我们牧场的职工每个月就能拿到六千元左右的工资，可养活一家人。

　　是的，麦浪滚滚，田畦蜿蜒，在大地上，除了白昼之外，麦田的金色是最大的光明。农历七月，望不到边的青稞田是高原上无与伦比的光明。

　　现在牧场的主人属于牧三代，他们曾走出寂寥的牧场去繁华的城市求生存，但城市里的钢筋混凝土令他们困惑迷乱，他们站在城市一隅等一个需要劳力的人将他们带走，他们同水泥和瓦片打交道，他们原本属于草场的手脚，在城市里水土不服。他们又带着心灵的疲惫途经"过马营"回到牧场。他和他的兄弟姐妹躬耕在高原的土地上，他们脚踏实地，他们站在被雪线抬高了海拔的原野之上，播种，施肥，守护。他们抬起高贵的头颅，迎接雨水。他们的眼中有不可复制的忧伤，他们关心粮食和鼠兔，希望两者相安无事，但这种希冀永远都是矛盾，是徒劳的，他们也诵经，祈祷并忏悔。他们曾用高射炮打散积聚在空中的冰雹，他们像孩子一样欢呼雀跃，他们燃起篝火跳舞，他们饮下青稞酿成的美酒，他们醉倒在帐篷前的篝火旁……

高原上的大风在每个季节里横行，但大风过后的星空比晴天的星空更锐利璀璨。所以，他们被他们的世界祝福，护佑。

白露时节，太阳的光芒普照高原上的原野，依然热烈。大地明亮，此刻，田主人的声音都在大地上汇聚，他们要讲述一生的事情，他们要抢在冬天到来之前，把心内深藏已久的歌全部唱完。那些高出地平线摇荡的青稞，金黄的身躯里充盈着金黄的血液，它们用沉甸甸的果实和谦逊的一生，向曾经的牧马人致敬。

牧马人知道：生动的大地，不叫任何劳动落空，它让所有的劳动者都能看到成果，它用最淳朴的语言暗示：土地最宜养育勤劳、厚道、朴实、索求有度的人。

八

立春时节，青海化隆的藏乡塔加正在举行一年一度的千供仪式。"千供"时节村民都着节日盛装，他们沐浴着阳光，喜形于色。年轻人从远处运来红色黏土，精心调制，糅合；手艺人用细腻滑润的黏土捏出塔状物，"塔"身涂上融化的酥油；僧人们用糅合好的糌粑捏制出形似"宝瓶"的器物，并用黄色的酥油片在"宝瓶"身上加以点缀。展现在面前的"宝瓶"形状各异，在黄色酥油片的点缀之下，簇拥在一起的每一个"宝瓶"似乎都有了生命。

银色光亮的器皿里装满了五谷，五谷之上是点燃的松香，好闻的松香味弥漫在整个院落里。人们虔诚地点燃摆得整齐的酥油灯，灯光映亮了屋内的景色，似乎，每一个酥油灯都是明亮的眼睛，明辨人间疾恶。僧人们大声诵经，祈愿，把祝福和平安送给乡民，祈求神灵保佑乡民健康平安，祈祷来年风调雨顺。乡民们在如意八宝塔周围挂起哈达，经幡在寒风中猎猎作响，他们虔诚地从塔周走过，脚步轻盈。风吹经幡，似是听到了那些铿锵的、整齐的、庄严的诵经声穿过整个世界，飘向远方。

立春时节的阳光透过寒冷洒下金辉，从四面八方赶来的乡民们聚集在"千供"仪式的场合，他们将手举过头顶，再在胸前合十，然后匍匐到地上，用自己的额头在青石板上留下印痕……

塔加村是目前为数不多且保存相对完整的传统村落之一，村民自称是一千多年前吐蕃军队的后裔。当年，先祖阿米仁青加作为吐蕃大将，绕道今新疆地区，赶着五百峰骆驼，浩浩荡荡开到现在的塔加地区驻守。从此，扎根此地，繁衍生息。据说，阿米仁青加生有三个儿子，分别是今天化隆塔加乡塔加村、白家集村和尕洞村的祖先。

立春时节的塔加气温仍属寒冬，草木萧瑟，但阳光尚好，塔加村庄的周围便是瑰丽的丹霞地貌，群峰如林，疏密相生。路旁青杨排列如卫士，阳光从树枝间落下来，留下光影。猝不及防就会在转角处遇到大批的羊群，它们像是穿了一件件颜色陈旧的土色裙子，下摆在微风里摆来摆去。牧羊人手提扬鞭，挺拔伟岸，阳光聚拢在他古铜色的脸上，使得脸上的褶皱更加明显。

牧羊人在残雪还未消融的山林间行走，旁边低矮的灌木脱去枝叶裸露在山风里。远方的人从远处赶来，进到村庄里：错落有致的民居一家连着一家，每家每户的墙面上都有白色涂料刷出的不同形状的图案，每一张图案都很传神，似舞蹈，又似防御。远看似是女性舞动裙裾，近看又似男性拿着枪矛。

塔加村落的选址很是讲究，当地人称之为"布达拉式"的建筑风格。但见村庄依山而建，呈梯状递升，巷道众多，多以石板、石子铺就。沿石子路上行，看到玛尼堆和大的转经筒。从村子高处往下看，紧挨着的民居依靠成密不透风的墙体，墙体底部长进泥土里，根系直抵红板岩深处。此时，阳光已在转经筒顶部，光芒纷披散开，折射出耀眼的金色，系在大转经筒四角的铃铛"叮咚"作响，铃声深邃而悠远，被猎猎作响的山风带着走过千山万水。

再往里走，就看见每家每户门口堆积着小山般的柴火。那些柴火许是堆积了很久，感觉已成木炭，乌黑而发亮。很多年以前，塔加的藏民族背着柴火在甘肃积石山县的街头以物易物，换取所需用品。时间过去那么久，我依然对这些堆积在门口如小山般的柴火生出敬意。或许，他们再也用不着用柴火取暖煮茶，但看着眼前的柴火，谅也会生出些许安全感。或者，那些陈旧的颜色亦可将他们的记忆带至从前，那时，燃起柴火可阻挡野兽进攻；燃起柴火，悬空吊起的铜锅里就有清香四溢的奶茶，那些古老得留下陈旧色彩的记忆往往会让人从心底里留恋。

塔加村保存相对完好的民居有近二十座，已有数百年的历史，村民门口的雕刻精细上书"马头兴旺"的拴马桩，似乎可见当年门庭若市的热闹景象。院墙为全石墙，底部约宽一米五至两米，宽底窄顶，高度为四五米。墙内房屋为二层木楼，呈四合院式，俯瞰像内地天井，上层住人，下层为牲畜圈和杂用房。传统房屋窗户较小，这与当地历史上的早期防御功能有关，楼顶为平顶，供瞭望、晾晒东西。

正午的阳光有了温度，落在正上方的石墙上，似乎每一块石头都在阳光下微笑。我在巷道边上遇到一位晒太阳的老人,她靠着墙根,手握念珠。我将放在车里的橙子拿给她,她说:"噶真切(谢谢)。"一位年长的女性背着一桶水弓着身从巷道对面走来。我拿橙子给她,她依然说着"噶真切"。但她会说磕磕绊绊的汉语,她说:"家里走。"

我跟着她走进她的家园,顺着木梯上到顶层,看到年幼的孩子捂着被子坐在炕上,她看见陌生人顺势捂住自己的脸,背过身去。我看到回廊栏杆和墙裙上颜色陈旧的花鸟雕刻,图案精美,雕工精细。阳光从木窗里斜刺进来,落在一只酣睡的猫身上,光束中有细微的尘土在游走。下层有女性在给羊喂草,羊在大声地嚷嚷。旁边的小屋里堆满了牛粪,牛粪发出清香味道。

塔加人世居此地,他们认为这里的每一座高山、每一眼清泉都是造物主的馈赠,因此,千百年来,他们和自然万物平静相处,山林里有着他们的羊群和骡马,村舍周边的土地里会种植少量的青稞和洋芋。在这里,他们是他们村落的主人,动物是这里的主人,树木是这里的主人。大地是大地,河流是河流。圈舍里一头驴正在安静地吃着麦草,更多的马和驴从土路上走过,如将军,如士兵,目不斜视。路边一只猫悄无声息走过,两只乌鸦在路中央打架……

告别塔加村庄,往白家集方向,在距离塔加五六公里处的平坦地里,国家易地搬迁的项目正在实施。新修建的房屋轮廓已见雏形,而早已修好的校园里传来琅琅书声,蔚蓝之上的太阳一丝不苟地洒下光辉!

九

雨后初晴,我走进田野,去找寻一个"蚕豆般"大小的水库。据说水库旁边长着多年生艾叶,可治头风。

通往水库的小路在山林里盘旋迂回，路面狭窄，凹凸不平。山林里的灌木长出的枝叶在小满时节已覆盖了黑褐色的土地。两只长尾山雀在矮灌木之间穿梭，发出细弱短促的叫声，它们追逐嬉闹，一只飞向稍远处，点一下尾巴伸着脖颈叫起来，另一只就心领神会似的追逐而去。

它们从一棵灌木到另一棵灌木，或跳跃，或飞行，逐渐消失在我们的视野里。别处又响起鸟雀长短不一的喊叫声，这边唱来那边和。似乎山林里藏匿着数不尽的鸟雀，因为陌生人的闯入而躲在我们看不见的地方静观其变，有胆大者发出声音，似呼喝，似威胁，在仔细观察后觉得没有威胁，也将没有威胁的信号传递给自己的同类。觉得安全的它们拖着长长的华丽尾巴大模大样走进我们的视线，又留一个轻蔑的背影飞向不远处一条小小的沟壑，沟壑处聒噪声起，传向远处，又传回近旁。

山林寂静，山林也热闹。

左边的山地里种满了大黄，大黄在青海农历四月的夏天如雨后春笋般蓬勃生长，大黄叶片宽阔，从接近泥土的始端生出层次错落、大小不一的叶片，次第向上，逐渐变小。在主干末端就有火炬般鲜红的花朵大肆盛开，又有细小的叶片从未开放的花苞薄膜中探出头来，很是神奇。远远看去，漫山遍野的大黄，用火炬一样的花朵点燃了整个原野，大片的火焰在山林里燃烧，映红天空，与远处的雪山相得益彰。

是的，远处还有雪山，举目侧望，便可见山岭全景。山顶白雪皑皑，山腰被黑褐色的土地覆盖，看上去土地肥沃，孕育着宝藏。山脚下有许多条潺潺流淌的小溪，小溪在阳光照耀下发出奇异光芒。

就在离山脚不远处的平坦地里扎满了塑料帐篷，大小不一的帐篷如蘑菇般挤挤挨挨，密密麻麻，那些便是虫草客在夜晚时栖息的地方。挖虫草的人们从四面八方赶来，聚集在这里，用即使伸长了依然佝偻的身体丈量雪山。他们在天微亮时带着干粮和期望出发，又在暗色里带着欣喜或失望返回遮风避雨的帐篷。

而我，看到远处的雪山时，便心生敬畏，不敢高声语。人在环境中，很容易生出与当下环境相匹配的心情，我亦是如此。就像此时，我在自然的怀抱里，在半山腰中，是一只小而又小的蚂蚁。我沐浴阳光，我体验风雪，我生存，我死亡。我身处原野，与鸟雀野花为伴，我亦风情万种。

蚕豆般大小的水库就在那条小路的尽头，除去小，水库水位也不是很高，但周边树木郁郁葱葱，疏密相间。近处青杨萧萧，远处低矮的松树葱郁，大小不一的梯田错落于青杨和松树间。水库三面环山，近处的小山将她聚拢开来，像是一块镶嵌在山洼处的翡翠，翡翠倒映出树影、白云，倒映出远处层峦叠嶂的雪山，层次分明。风起，吹皱镜面，那些镶嵌在镜面上的景色左右摇摆，摇曳生姿。

举目远眺，雪山远在天边，天空亲吻雪线，阳光灼烈，天空如水洗过般湛蓝。突然映入眼帘的美景总能给人无限的想象。似乎在梯田的尽头，可听到木门咯吱作响的声音，有农人从屋里提了水桶出来，听到鸡鸭寻求食物的叫声，听到孩子哭泣的声音，农人摇着辘轳从井里打了水回到院内，庄廓墙之上的烟囱里升起青色烟雾，喜鹊衔来种子，遗落在土墙缝里，雨后种子发芽，茁壮成长，还开出猫胡须一般的花朵。屋内飘出菜根香，飘出茶香，干活的人归来，坐在土地上，大口吞饮。黄发垂髫，怡然自得。我信步上前，轻叩柴门，柴门内犬吠声起，有老者发出细细碎碎的咳嗽声，有人蹒跚而来，打开柴门，问来者何人。我报上姓名，他满嘴之乎者也，一句听不懂，生出尴尬。斜雨扑面而来，对面的厢房上镶嵌的木窗有着小长方形的格子，似是有人正在屋内烹茶煮酒，屋内旧人不经意回眸，光华闪烁，似相识于百年前。长在土墙上的植被从屋顶开始蔓延，攀壁而下，形成帷幔，挡住了木格窗户后面主人的脸，她的轮廓在幽暗里融化，模糊而遥远。似乎，我看见那洋溢着幸福的笑脸，就像一个新的生命，正要破土而出。我站在寂静的怀抱里，听得到那已远去却回荡在耳边陌生的欢笑……

某一时刻，那些虚无的想象占据了上风，而自己成为虚无中的某一个角色，与过去的某段时光打着照面，想象菊花缀满栅栏，草盛豆苗稀的场景，除此，还有上弦月，有露水，有疯长的草木，还有暗香盈袖的黄昏。

站在法台水库边上，极目眺望远处雪山，感受树木苍翠，此时，我亦如一株植物裸露风里，感受风雨，感受雷电，感受阳光。

天空中飞舞着数不清的燕子，身形敏捷，闪电般穿梭于空中，做盘旋状，又做俯冲状，似是欢愉无限。南边天空的云快速升起来，遮住了山头，以势不可挡的速度前行，在空中和北边的云对接，那些之前飞舞的燕子已飞去悬崖处的巢穴里，不见踪影。空中铅色的乌云翻滚，山雨欲来，风吹向四面八方，也吹着我，似乎正在竭尽全力地吹向过去，也吹向未来。

我想起西川的诗句：在哈尔盖，一个蚕豆般大小的火车站旁，我抬起头来眺望星空。而此时，我站在一个蚕豆般大小的水库旁，在悬崖顶端，听雷声隆隆，听风过耳畔。我屏住呼吸，等暴风雨，等暴风雨之后的晴天。

稠密厚重的云彩笼罩了天空，雨说来就来，来势汹汹的雨从南边起，漫过北边的天空，用强劲的力度噼噼啪啪拍打着周围的一切。一些小植物和小昆虫的身体随着雨水汇集的河流往低洼处流淌而去，那些裸露在田野之上的植被左右飘摇，在一场毫无设防的雨里变得灰头土脸。

暴风雨来去皆凶猛，半个小时后，天空已恢复到雨前平静，一两片轻盈的云漫无目的地游走，倒映在法台水库平静的水面上，水库周围的树木被雨洗过后露出鲜亮明媚的色彩。就在水库周边的草地上，紫粉色的点地梅一大片一大片盛开，叶片沾满雨水，看上去凄楚动人。一朵朵火柴头般大小的深蓝色鳞状龙胆在草地上印染开来，似是绿色锦缎之上点缀的蓝色小星星，小小的花朵投映出大海和天空一般的颜色，在远离大海和天空的地方安静地生长，诠释生命给予它努力向上又随遇而安的权利。

紫花地丁也开得旺盛，看上去有点像是生长在玉树草原的毛茛科植物翠雀，第一次见到翠雀的时候就被那一串串鸽子般紫色的花朵打动，都说紫色翠雀在低矮的枝上开出串串不羁又高傲的花朵，正如一群正义、自由、潇潇洒洒的康巴汉子。那么生长在法台水库周边的紫花地丁则像是在田地里裹着头巾干农活的少妇。如此，那些生在青海玉树草原的翠雀也好，生在青海海东境内法台水库边的紫花地丁也好，在生物界里无关紧要却又不可或缺地存在。不逃避，不迎合，不喧哗。但往往，这种安静的植物只看一眼，便可记忆很久。

若不是行走时遇见艾叶，我似乎已经忘记了为什么要去找寻那个蚕豆般大小的水库。

十

她在一片没有人烟的山冈上行走，听到风声。

风从北边起，云在空中翻卷。大朵小朵的云，浓，而且重。很快遮住了西边的山峦。雨水跟着就来，一只蝴蝶的翅膀沾了雨水，白色翅膀上黏附的鳞粉遗落风里。它急切地想找到一个出口，但飞得更慢了，最终落在开着蓝宝石花的胡麻花旁，合上翅膀，等雨过去。

此时，只听得到风声，布谷鸟的叫声在风中越来越小，那些沙沙的雨声也早已隐匿在无边无际的风中。之前在花间盘旋的蜜蜂也似乎在最先一滴雨落下来的前一秒得知消息，四散飞走，无影无踪。

她伫立风里，倾耳聆听风之外的宁谧，听得到自己的呼吸。用鞋尖踢脚底下一块松散凸起的泥土，几束嫩黄的草叶睡眼惺忪地抬起头来，似是睡得正香，却被旁人突兀地揭去被子，极不情愿地爬起来。

成片粉紫色的马先蒿在风里左摇右摆，映衬在眼眸深处的色彩让她停住脚步，她似一只吸食蜂蜜的蜜蜂，轻轻摘下一朵放进嘴里。此时的她如一株突兀长出来了的树木，脱去枝叶，裸露在田野之上，将真实的自己交付给土地，或丑陋，或美好。

一只不安分的锦鸡从茂密的草丛里探出头来，摇摇头，抖落一地雨水。它在旷野里大声喊叫："嘎嘎嘎——"尾音拖得很长，之后拖着色彩斑斓的尾巴，欢叫着飞到对面的山坡上，急行几步，消失在视线里。从山坡的另一侧传来"嘎嘎嘎"的声音，又有一只锦鸡从开满紫花苜蓿的地方飞起，越过一条浅浅的、红色的沟壑。

不多时，那只飞到山坡对面的锦鸡又飞回来了，扑棱棱的声音足以让毫无防备的人吓一跳。它扭头看她，蹑手蹑脚行走。实际上若非她跑去吓唬它，否则它也觉得和她毫无瓜葛，或者在它眼里她就是存在雨中一块毫无生气的石头，还不如马先蒿鲜亮。

雨似乎小了，她的衣服已被雨水淋湿，那些虫子的翅膀同样沾了雨水，她们互相嘲笑。

山坡上的人家搬走了，但老榆树还在，粗壮的树枝伸向空中，盘虬卧龙。新长出的嫩芽又不安分地从高大树枝的侧部旁逸斜出，一半阴凉，一半阳光。微风吹拂，枯枝飒飒作响，漫天金黄的榆钱洋洋洒洒落下。一枝稍粗的枝干上趴着一只蝉蜕，微黄，一丝光亮将它穿透，显得格外晶莹。又有几只小虫在它旁边的树叶上建起红色的、如果实一般鲜红的小屋，它们在屋内四仰八叉惬意地平躺。一只金龟子飞来落在衣袖处，不时露出坚硬铠甲下一对柔软的翅膀，缓慢行走，爬上指尖，稍作停留，平稳地飞到视线之外。

一群蚂蚁在一堆松软的泥土之上急匆匆地驶离，另一群蚂蚁带着自己丰硕的战果耀武扬威归来……她一直看着它们，看它们在洞口进进出出，看似不语，却千言万语；看似杂乱，却有条不紊；一个陌生的家伙闯进来，被主人齐心协力赶走。那个陌生的家伙会不会再带一群陌生的家伙杀将过来？一只硕大的蜘蛛尾部拖着长长的圆球，试图躲在金露梅后面，它也试图捉到一只路过金露梅旁边的小虫。那只小虫不设防地伸出触角，缓慢地爬行。蜘蛛果然得逞，它拖着它的食物急匆匆离开。狼毒花又占领了南边的山坡，它们魅惑的身姿在风里吟唱，百转千回，黑色机敏的小虫钻出来又爬进去。

原来，万物慈祥，万物又杀伐。

她走了很久，碰见几只羊，领头羊时不时盯着她看，摇着尾巴。它的神情似乎是在防御，又似乎是在告诫。她只好远离它们。看上去，站在空旷原野之上的她就是一个丑陋的局外人，和那些小飞虫、小植物、小动物做比较，她空有一副庞然之躯。

雨已停，她开始下山，头上戴着狼毒花编织成的花冠，看上去很美。

十一

仲夏傍晚，属于拉萨的日光从深蓝天空中倾泻而下，天边的云似乎长了轻薄如羽毛的翅膀，一片片向四处游走，又成群结队归来，卷起千堆雪。

我和女儿小豆穿过老旧的巴郎学三巷去找寻一家名叫"央卿仓"的

网红餐厅，鸽子在头顶扑棱棱飞过，落在高高的阁楼窗户上，又从窗台一跃而起，飞上挂着经幡的木杆，咕咕叫着。我在想，精致的木质窗户里面会不会有一位美丽的姑娘，有没有一个人拿着一把破旧的吉他经过这所房子，站在窗户下面，深情歌唱：今夜我又来到你的窗前，窗帘上你的影子多么可爱……再见了亲爱的梦中女孩，我将要去远方寻找未来，假如我永远不再回来，就让月亮守在你窗外。应该不会，要唱肯定也是藏歌，比如：在那东山顶上，升起白白的月亮，年轻姑娘的脸庞，浮现在我的心上，啊依呀依呀啦嗦，玛吉阿米……

那个叫"央卿仓"的网红餐厅人声鼎沸，因为这里的藏餐好吃，所以和我一样的许多游客顺着高德地图一路走过来，被安置在餐厅某个角落的位置，要一壶酥油茶，要一碗酸奶，再要一份糌粑，慢慢品尝，吃得津津有味。看坐着的人起身离开，又有人从门口挤进来，看不清脸上的表情，或者有背包客冷漠地坐在旁边一言不发，又有旁人发出毫无忌惮的笑声，都很真实。那些外地来的游客有事无事总愿意坐在这里花费一下午的时间虚度时光，我和小豆也坐下来加入到虚度时光的队伍中。等薄暮笼罩这个城市，我们又顺着巴朗学三巷狭窄的巷道返回去。在街角遇见三个放学未归的孩子，女生，她们背着书包，将一个面目全非的足球踢来踢去。我和她们交谈，她们用正宗的普通话和我们道别：阿姨再见，小姐姐再见。

早些时候发现我们入住的客栈的老板娘风情万种，她穿着红色的裙子在廊间走来走去，裙裾裹挟着清香的微风，看见客人时总将春风般的微笑挂在脸颊。我很好奇，感觉她应该不是本地人。果然在后面的聊天中验证了我的猜想，她来自云南，毕业于云南大学。她说她喜欢这里，喜欢藏文化。

和她闲聊之间无意提及每次梦境总是冗长驳杂，刚睡一会儿，就能做一个长长的梦，且情景复杂，人物众多，现实中，绝非杜撰得了。越是这样，越不敢闭眼。每次眼睁睁等天明，但黑夜很长，比梦还长。

漂亮老板娘闻听此言说有解药，她要送我一个"法器"，那"法器"便是一个小小的录音机。她说录音机里装的是心经，所有困惑遇见心经便不治自愈。在拉萨几日，有心经相伴，比起往日倒也睡得安稳。

第二日，和女儿穿过青石板平铺的巷道朝着大昭寺方向行走时，正值天空飘着细雨。朝拜的人们在雨中形成风景，他们手持念珠，轻诵佛经，身子微倾着走向前。还有的全身伏地，三步一磕头，用即使伸长了仍然佝偻的身体丈量大地。衣服上挤满了褶皱，手上戴着皮套，两个膝盖上扎绑着护膝。眼前的大昭寺是他们此行的终极目的地，也是极辉煌极鼓舞人心的最后一段里程。我和小豆跟在他们身后，随着他们的脚步去转经筒，朝着顺时针方向一步一步，虔诚无比。

我们在大昭寺门口买了酥油，买了哈达，从朝拜口入殿内。参加朝拜的人很多，我们一步一步向前挪，也有人在队伍里挤来挤去，旁若无人地挤到前面，留一个模糊不清的背影给我们。女儿在佛前的供灯里一丝不苟地添着酥油，献上哈达，双手合十，真诚叩拜。之后，顺着熙攘的人群登上大昭寺二楼的平台，据说有人在大昭寺最顶端的佛塔上方拍到了彩虹，我抬头看天，云朵慢慢散去，不如早上时候浓密，雨停了很久。

从大昭寺出来，沿着"八廓街"缓行。感觉阡陌交错，密密麻麻伸展的小巷如同指针一样围拢着八廓街。我们在里面转来转去，找不到出口。最后还是靠着导航来到热闹的北京东路，再往右拐，复行一公里余，就来到了北京中路上的布达拉宫。这座屹立在拉萨市区西北红山上规模宏大的宫堡式建筑群足以震撼人的灵魂，那种震撼从每个毛孔迸发出来，汇集到心灵最深处，于是，所有虔诚的表情便显现在面孔上，仰望、平静、祝愿、祈福……

然后，遇见故人。追逐《冈仁波齐》的他还在布达拉宫前开阔的广场上，用沙哑的嗓音诵经，将手高高举过头顶，然后匍匐在地。去年这个时候，也在这个地点他告诉我他是四川甘孜来的，来拉萨已经两年了，除了在佛前磕完自己的十万个长头外，还要替父母磕头还愿。他一定认不出我，我只是这里的一个过客，每天都有成千上万的游客从这里走过，匆匆别离，再回到原来的生活。而他，依然在坚守他的信仰，无论夏冬，无论雨雪。他穿了一双略新的黑色耐克鞋，有属于拉萨的黝黑皮肤，胸前是用羊皮做成的护襟，反反复复做着同样的动作。布达拉宫前广阔地面上白花开了满地，一只头上有白色花冠、体型稍大的鸟在花草间穿梭，起起落落。有孩子拿着香蕉在奔跑，鸟儿飞过他的肩头，他笑得很开心，银铃般的笑声传到远处。和鸟儿一起奔跑的他却让香蕉从自己手里滑落，他看着掉在地上的香蕉站了很久，我看了他很久。

罗布林卡的地面同样也是湿漉漉的，我们顺着长长的走廊前行，两旁开满鲜花。听到由远及近的鸟鸣声，有着花冠的戴胜在长着茂密枝叶的林间飞过，从一棵参天大树到另一棵参天大树。这树许是有几百年了，松柏的香味自树枝间蔓延，弥漫在空气中，沁人心脾。多肉莲花开得格外好，眼睛所及之处都是它们翠绿安静的模样。

每年八月中旬，拉萨市区都会有隆重且声势浩大的雪顿节。节日期间，罗布林卡以及周围的树林里，一夜之间便会涌现许多色彩鲜艳的帐篷，形成几条热闹繁华的节日市街，几乎整个拉萨城都搬进了这片绿色天地，所有的人都在歌声舞蹈中过着野外生活，深沉热烈的歌声伴着高原特有的乐器在树影里传播。

这个叫罗布林卡的地方绿树成荫，花草繁盛，湖面水波荡漾，宛如江南水乡般秀丽。而在被称为"颇章"的宫殿内供奉着或慈眉善目或神情严肃的佛,但也有表情狰狞的护法。而"颇章"开阔的院子里,都是开得热烈的花儿,一种蓝色形似矢车菊的花儿占了主角。后面"形色"得知此种花儿叫"百子莲","形色"也特意为"百子莲"赋诗两句:百花怒放结百果,唯其静开不争芳,有些不解。

拉林高速已全面开通,且全程免费,因为只准行小轿车和大客车,所以,一路畅通。车在高速路上飞速前进时,与拉林公路依偎并进的尼洋河清澈见底,碧绿如缎。在往林芝途中,感觉每一处景都是大同小异:树木郁郁葱葱,直入云霄;潺潺流水,清澈见底。车停林间,到处可见奇花异草和安静生长的蘑菇,只是不知道能不能食用,所以不敢轻举妄动。看到一株小而又小的植株在沙砾上开着黄色的小花,身高约三厘米,形似缩小了很多倍的铁树,短小的枝上布满了鱼鳞状的小刺,顶上的花有三四朵,在阳光下安静地一言不发。看到它,便觉得生命伟大,无论哪种物种都在极力地适应生活中的雨露、风雪。哪怕是低到尘埃里,也有理由开出一朵属于自己的花。一只小鸟停下来啄食花蕊,鸣啭出动听的悦音,从一株树跳跃到另一株树的顶端。那些郁郁葱葱的松树林里应该有很多种鸟类,一只体型稍大的鸟扑棱棱飞起,引起很大声响,一些体型娇小的鸟一起飞起,在空中转个弯飞回来落在树梢上,似乎是在感叹刚才的一场虚惊,说得既委屈又动听。一只衔着虫子的大鸟急于在众多声音中辨别最熟悉又最稚嫩的声音。山林里也有缀满红彤彤果子的山桃,不远处就有卖山桃和核桃的小摊,摊主是一穿着藏袍的老妇,她不会说汉语,手里分别拿着十元和二十元的纸币比划,在艰难的沟通之下得知山桃一斤十元、野核桃一斤二十元。她笑着接过别人手里的纸币,进行等价交换,然后再送一两个,说"尝尝,尝尝嘛"。我们也便笑着接过她递过来的水果,说"噶真切"。

行走在雅鲁藏布江景区里,似乎总是走在悬崖峭壁上,峭壁底下是水流湍急的雅鲁藏布江。沿曲折蜿蜒的路前行，途经一棵参天桑树，据说是松赞干布和文成公主同种的。桑树的枝叶在空中蔓延开来，郁郁葱葱，遮天蔽日。树间鸟儿鸣叫，蝴蝶翻飞，似是天堂。有几枝已经枯萎的枝干向地面蔓延，一如匍匐在地的巨龙，人们在上面堆满了玛尼石，层层叠叠。阳光从树叶间洒落下来，突然想起三毛那首诗：如果有来世，定然长成一棵树，一半洒落阴凉，一半沐浴阳光，非常沉默，非常骄傲……毫无疑问，这棵桑树做到了。

林芝的云不紧不慢地在山林间游走，太阳的光线将它们衬托得明暗分明、斑驳错落。它们自由自在兀自变换神态，似雄狮，又似成群结队的士兵拿着毛戈相向。微风起，云堆积，又似乎预谋一场沾湿罗裙的小雨，无论哪一种都似女孩子的小嗔小恼，令人悦心。

桑树后面的南迦巴瓦峰也被密云遮蔽，隐约看到云缝里的山体，又被快速移动的云填补。很多人满怀希望而来，等待南迦巴瓦峰露出真面目。但一直以来，南迦巴瓦峰有百分之九十的时间都被云彩遮盖，所以，亦有很多人失望而归。此次出行，我们也是只看到了布满冰川的山体，而主峰依然无缘相见。那些拿了"长枪短炮"的摄影师哪怕守候了很多时日，千呼万唤，也见不到真面目。是不是因为见不到才显得弥足珍贵？是不是才要一次次失望离开，又一次次希望而来？

后来有一天在林芝的山中碰到几个来自四川的"采菇子"的人，我信心满满，要和女儿一起跟着他们去密林深处找松茸。起初她们不情愿，说你们不行，爬不动的。还说前两天遇到一个浙江来的小伙子也非要跟着她们，结果走到半山腰就放弃了。

想想自己小时候在家乡的山岭里漫山遍野地跑，便充满信心。说我不是浙江来的，是青海来的，一定不会半途放弃，还问她们一天能采多少松茸？何时回去？

"那要看运气嘛。"她们答。

我想我的运气不至于太差,应该能见到松茸。我们顺着山路一直走,一直走,气喘吁吁。从大路到小路再到羊肠小道,我和女儿鼓励着向前。似乎女儿有一丝不悦,但她看到她妈妈的决心就不好再反驳什么,大概还是屈服于我的威慑力,回过头反倒叮嘱起我来:妈妈,你跟上啊。

印象里,长满松树的地方,树和树之间的距离完全可以让几个人通过。可实际上不是这样的,林间草木丛生、灌木纵横,根本看不清脚下的路,她们一个个从狭窄的缝隙中如猴子一般钻过去,我尽量跟着她们,让女儿也跟着我。青杠树底部的树叶长满了尖刺,所以每行一步都会被尖刺袭击。之前看见其中一个"采菇子"的年轻女子穿着一件破破烂烂的皮夹克,很是疑惑,直到近距离看见青杠树的长相时才恍然大悟。

可想而知,我和女儿在这样的处境中很是狼狈。当见到一个近似褐色的蘑菇便以为是松茸,向她们求教时,被即刻否决。

"一斤一百多嘛,好多人都在采,没有这么好采!"她们说。

然后,她们往密林更密处前行,很快就不见了身影,只听得她们在密不透风的林子里大声呼喊:"跟上嘛,跟上嘛。"此时我能真切地体会小学时候学的那首《鹿柴》中的前两句:空山不见人,但闻人语响。她们的声音似乎在左边,又似乎在右边。哪怕近在咫尺,每跨一步都是极大的考验。我在想我的头顶会不会有一条蛇正吐着火红的芯子,想我左边脚下枯草覆盖的会不会是一个陷阱,因为从她们嘴里听闻就在前不久有采松茸的人不小心踩到猎人放置的捕兽夹,夹坏了右腿;我还想着身后的女儿会不会突然悄无声息地消失,我再去哪里找寻一个这么大的活人?偌大的一个林子,如果手机再没了信号,走失的我们只能坐等野兽将我们统统吃掉,或者若干年之后这里就多了两个野人,披头散发。无论哪一种想法都让人毛骨悚然，不寒而栗。

"豆，不然我们回去吧？感觉采松茸的想法不太现实。"我弱弱地说。

"妈妈，难道你现在才感觉到吗？"她回我一句。

言语间，我俩就放弃了。

原路返回，才发现我们走了很长的路，弯弯曲曲从山脚走到另一个山脚，而我们在稍高的山脚处放弃了采松茸的念头，而那些已隐没在山林深处的人正从山脚往"白云生处"前行。

继续往回走，左边山脚下碧绿的尼洋河绕着城区蜿蜒向前，山林里奇花异草无数，面对这些闻所未闻的花草，"形色"软件很多时候只有一句话：这个难倒我了。森林里还有一种鸟，通体灰色，尾巴上有白色的斑点，数量多到可以用成群结队来形容，它们一蹦一跳前行，飞上树梢，又在树枝间发出"窸窸窣窣"的声音，时不时吓人一跳。树枝给了它们保护色，若不仔细看，真的看不到它们的存在。

我和小豆在鸟雀的啾鸣声里一瘸一拐下山，方觉一个任性倔强的妈妈带着一个倔强任性的孩子跑这么远的地方去采松茸，而且空手而归，有些不可理喻！

正午的太阳又一次在头顶一丝不苟洒下光芒，感觉这倾城的阳光总能把那些苍白虚弱的灵魂、那些阴暗狭隘的思想在它的照耀下变得黝黑和强壮，变得明净与辉煌。傍晚时分，天边的云穿了五彩的衣裳，山崖上的庙宇，飘摇的经幡，都变成了暗红色的剪影，像凝固的钟声，更像遥望的背影，单纯而宁静。我们在通往林芝市区的小径上逐渐被夜色淹没，但除了视野所能及的人和物，似乎还有更大的力量存在，就在身旁，沉默不语。

十二

到达达里加山垭口的时候，似乎到达了冬季。风顺着垭口咆哮，像一只发怒的小兽。气温低到匪夷所思，人们裹紧羽绒服一步一缓，山顶的风马旗左右飘摇，呼呼作响，看上去风越大，它们越是欢愉。远处云雾缭绕，如神仙聚集，我们在庞大的山体里就如一群虾兵蟹将蹒跚而行，失去重心，在夏季的某个时刻闯入他们的领地却遭遇冬季的寒冷，然后又在众神的护佑下云开雾散，看见阳光，我们安全离开，留下虔诚和笑声。

达里加山为祁连山脉支脉，青海南山向东南延伸部分，位于青海东部、循化县东南部，藏语意为"神山"。达里加山垭口是我们到达的第一站，后面有人开玩笑，说我背着背包拿着登山镐又被冻得失去面部表情的形象实在是像到达了珠峰大本营。

实际上，我们的手机很快也就失去了信号。只是被阳光赋予了色彩的达里加山魅力无限，一条迂回蜿蜒的柏油路从山脚处起始一直爬到山顶，又爬向山的另一侧，友人说顺着那条路走就可以走到甘肃的合作，可走到拉卜楞寺。远处被成片的油菜花和青稞点缀的田野生机勃勃，油菜花开出层层叠叠的黄，青稞灌满了浆，就要谦恭地俯下身子。视野所及，皆是翠绿和金黄。似乎，风携带了粮食的清香，满山满洼地奔跑。看着满目丰收的景象，心底不自觉地生出激动和亲切。

我们从山顶回到山脚，又从另一条道走向一座正在新建的水库，这个叫夕昌的水库位于循化撒拉族自治县清水河上游，建设时间已超过四年，是全国中型水库建设规划的重点水源工程，也是我省四座重点水源工程之一。机械和工人们在工地上紧张有序地忙碌着，机械轰鸣，工人抬手擦去汗珠。我们顺着水库西边的峡谷行进，看到两旁山上苍翠的植物，看到河水奔涌向前，看到开花植物装饰了原野。阳光从蔚蓝深处倾泻而下，蝴蝶飞，鸟儿鸣，牦牛在山岭高处停止咀嚼，转头看一群陌生的来客，领头牛用犄角挑起泥土，将泥土抛下山崖。

我们无意冒犯它们，却让它们生出警惕，它们中的领头大哥已摩拳擦掌，而我们的领头大哥也用风一样的速度走出魔幻步伐，只听"噌噌噌"几声鞋底与石子的摩擦声就将牛羊甩开。然后转身安慰说：那些牛只是示威，它们也是怕我们的。

有人问这条峡谷的名称，但没人能答得上来，或者这峡谷根本没有姓名，但却真实生动地存在于两座没有名字的山之间。看上去，不是所有山和峡谷都会拥有自己的名字，但不可或缺。

举目上望，头顶的天空被距离很近的两座山切割出湛蓝的长方形，似乎就是一面蓝色的水晶玻璃，玻璃上点缀了一朵朵不规则的白色花儿，又一朵朵游走。也似乎，在我们仰望它们的时候，它们也正在俯视我们，听我们窃窃私语，欢笑或叹息。低垂的云朵、山谷的牛羊、淙淙河水、开放的花朵和苍翠的植物让这个我们叫不上名字的峡谷变得美轮美奂，我兀自将这里唤作"夕昌里"，印象中凡是带"里"的地名都给人一种赏心悦目的美感，比如位于苏州的同里，始建于宋代，已有一千多年的历史，是中国水乡文化古镇；比如在贵州的凯里，"凯里"为苗语音译，意为"木佬人的田"，著名的凯里西江千户苗寨就在这里；还有位于羌塘高原核心地带，拥有独特高原自然风貌的阿里；再比如什么卡布里、蓬莱里、保安里、胡桃里，家门口还有个小区的名称叫喜欢里，大大小小的"里"很多，而今晚，我们就要在那里居住下来，在一小块的平坦地里安营扎寨。我们将要在它的怀抱里看日落月升，而这小块的平坦地就在夕昌水库往里三公里半的地方，所以想一圈下来就将"夕昌里"作为它暂时的名字。

炽热的白天里人们在旁边的山林里从一条羊肠小道走到另一条羊肠小道，手里拿着登山镐或小木棍，担心草丛里的小蛇，担心被荨麻袭击，担心被荆棘划破手臂，担心踩到脚下湿滑的牛粪，每一种担心袭来，就走得小心翼翼，甚至有那么一刻会有打退堂鼓的念头，但此种念头都会被消灭在襁褓之中，所以，每个人都到达了山岭高处，感受青山相对出的壮观，感受相看两不厌的心旷神怡，有人嘴里念念有词：我见青山多妩媚，料青山见我应如是。

应如是，应如是。我说我们就把自己当是花，当是水，当是小飞虫，当是牛粪就好了。

傍晚来临，我们从之前的羊肠小道一步一滑回到"夕昌里"，人们开始搭建帐篷，最后一抹阳光消失在青山之后，风带着寒意游走，我们又穿起羽绒服御寒。有人烹茶，有人煮咖啡，有人煮羊肉，每一种美味袭来，就像让那些食物以最快的速度跑到碗里来。

山林里的黑夜说来就来，近旁的青山、树木、石头各自穿了素色的衣服，各自寂静。被山岭切割的长方形天空中开始跳出一颗两颗的星星，仰起脖颈上望，又有三颗四颗的星星跳出来，近处的明亮，远处的模糊。

人们点燃篝火，发电机在远距离的地方工作，灯光点亮"夕昌里"，音响里响起一首草原之夜：

> 美丽的夜色多沉静
> 草原上只留下我的琴声
> 想给远方的姑娘写封信
> 可惜没有邮递员来传情
> ……

被点燃的柴火毕剥作响，燃烧的火星飞到云天外，像小小的萤火虫，或者，变成了头顶的星光，忽明忽暗。

人们饮酒，猜拳，歌唱。

人们唱歌，欢笑，跳锅庄。

那些老大不小的人都似乎变成了孩子，都有着往日看不到的淘气与真实，他们将一首跑调的歌曲唱得深情而疲惫，似乎，曾经或丢失或被忘记的欢乐在这个远离城市的峡谷里，在夜晚寂静时生出明媚的色彩，发出喧嚣的声音，如孩子般无邪。

心理学家说，其实我们每个人心里都有一些"童年"情结，都住着一个孩子。许多年以后，所谓回忆成为陈年往事，岁月也为我们的心灵戴上了迷惑的面具，让我们收起纯真，把自己藏在武装里，过着伪装坚强的日子，童年时许多梦想与快乐在日复一日的生活中被遗忘。那些曾经感知的幸福就像装在沙漏里一样不断流失，疲惫却不知道该往哪里宣泄。当有一瞬间不用担心别人对你的看法，不用思考生活带来的压力，更不用为了更好地活下去把自己装扮得更加成熟稳重，大概才能真正找到自我，找到抛弃已久的童趣，找回那个让自己真心快乐的本源。

我和美兰翻找一首歌曲，因为手机没有信号，怎么也想不起那首叫《送别》的歌曲里面的歌词，于是作罢。

篝火燃尽，发电机的轰鸣声不再，草丛中的虫子归于安静，那些疲惫的人们逐渐睡去，"夕昌里"的夜晚才真正开始。

调皮可爱的星星缀满了天空，星空浩瀚，每一处都是似曾相识的深邃目光，深情对视，在不绝于耳畔的流水声中将自己掩藏在寂静深处，泪流满面。一只发出莹绿光芒的萤火虫飞到远处，又从远处飞到近旁。月亮的光线越过素色的山体，向四面八方辐射。月亮还没有升起来，只是它的光芒已经越过了万重山，到达"夕昌里"。

非常喜欢班得瑞的《卡布里的月光》，一次次单曲循环。缓缓而来的音符仿佛就是海潮流动的声音，轻轻漫过心底，令人思绪纷飞。伴着如泣如诉的音乐可看到激起的浪花在空中飞舞，白色的水珠和跳跃的鱼儿窃窃私语，一幅轻歌曼舞的画面映入眼帘。所有能想象到的纯净美好的画面在旋律中闪现：月光如水，细浪白沙在海水里蔓延；赤脚走在沙滩上，海水轻吻着脚面；海风吹起秀发……月色、大海、岛屿、山崖、树木等掩映在夜色里，然后就有了天籁之音。

夜色寂静，半个月亮爬上来，山峦黝黑冷峻，似乎有一两只凶猛动物藏匿在某处，虎视眈眈。再过半小时，整个月亮升起来，让整个峡谷有了豁然开朗的感觉，那些想象中的凶猛动物也不见了踪影。千呼万唤终于卸下面纱的月儿，如年轻姑娘美丽的面容。除此，找不出合适的贴切的词语形容。

月色溶溶，山岭里汇集了诸多元素：明月、清风、林涛、水声、星光和帐篷里的节能灯发出的昏黄亮色。在寂静的夜晚这些元素依然忙碌，勾勒出视野中或混沌或清晰的景致。或者，那些无法驾驭的神秘正从遥远的地方发出信号，射出光来，而我，只能以旁观者的角色成为某个人，某间点着油灯的陋室，而这陋室冰凉的屋顶被亿万只脚踩成祭坛，我就是那个等待领取圣餐的孩子。诗人西川将"仰望"的姿态与谦卑的灵魂植入他的诗歌里，被我多次地借用，或许我也是在尽力地体会一个叫"感同身受"的词语。

夜已深，头顶的星光被月亮的光芒冲淡了许多，那颗被称为"长庚"或"启明"的耀眼星星开始它的流浪旅途。此时才仿佛感觉到如初冬般的真正寒冷与宁静。因为有了月亮，因为有了星光，这是个美丽的夜晚，值得记录。而这个被我冠以"夕昌里"的地方在夕昌水库建成后会被淹没，成为水库库容的一部分，所以，也记录。

  清晨，被鸟儿好听的声音叫醒，似乎山林里有数不清的鸟儿在参加一场演奏会，每只鸟都在认真扮演自己的角色，努力将最好听的声音献给这一场声势浩大的交响乐演奏现场。因为有了大自然不加修饰的音色，所以闭着眼睛聆听，想象自己在原野之上飞翔，降落，觅食，养儿育女。

  早起的人已晨练归来，我爬出帐篷的时候天已大亮，日升月落，浩瀚、璀璨、空旷、遥远的星空也已隐去。看上去时间恩赐了一切，又不动声色席卷了一切。

  我记得友人说过一句话：草莓就属于田野，就像人属于时间那样。然后，听到河水流过的声音，风吹过的声音，草丛里虫子低吟的声音，记忆中酒杯碰撞的声音……

  突然觉得四面八方都是我和美兰找寻不到的《送别》的声音：

  长亭外　古道边　芳草碧连天　晚风拂柳笛声残　夕阳山外山

  天之涯　地之角　知交半零落　一壶浊酒尽余欢　今宵别梦寒

  今千里　酒一杯　声声喋喋催

  问君此去几时还　来时莫徘徊

小满时节

一

小满时节，地处青藏高原祁连山脉达坂山脚下田野里的春色才茁壮起来，青杨展开的叶面上还带着少许温柔又小清新文艺范的鹅黄色，来自科罗拉多的冷杉在祁连山脚下落户，并在微凉的温度里，在同一个枝条上长出雌株和雄株，雌株数量稀少，恃宠而骄，在侧枝的顶端长出如同深紫色火炬一般的花朵，而数量庞大且色泽如土黄色的雄株默默无闻地在距离雌株稍远、更远的地方小模小样地熙攘，风吹来，雄株上的花粉纷纷扬扬，如亿万个游动的精子般涌向西面八方。已经受精的雌株闭合了自己的花瓣，在属于自己的子宫里精心孕育，而还未受精的雌株似乎在众多精子中挑选优质的、活力四射的精子和自己体内为数不多的卵子结合，好培育出优质的胚胎，落户于青藏腹地，再次开花结果，就如同世居此地的有着厚实脚板的少妇一样，健康，结实，生出大胖小子。

此时，属十字花科的油菜在假叶之上已长出四片子叶，从远处看十万亩的油菜田熙熙攘攘，叶片之间摩肩接踵，大有意气风发、争先恐后的架势。沿着山底的田埂往油菜田的方向行走，便见车前草、卷耳和牛蒡横亘在田垄之上，比近旁的油菜长势还要旺盛。田地里油菜是主角，油菜的主人容不得除油菜之外的野菜生长。

田野上一字排开的是村庄里的少妇。她们穿了厚实的衣服，戴着口罩和围巾，只将星月般明媚的眼睛裸露在旁人的视野里。她们聊天，家长里短，讨论一亩地的收成，讨论去年的余粮，讨论青苗戏上那个英俊小生顾盼神飞的眼神和他抑扬顿挫的唱词，讨论上庄未出嫁的姑娘和下庄即将归去的老者，讨论十万亩油菜开花时的壮观场面和随着花期到来的养蜂人，讨论今早的凉拌豆芽和昨晚用头茬韭菜烙出的韭饼，讨论林场里的暴马丁香和自家院子里正在开放的干柴牡丹，讨论黄花满地的蒲公英和丰乳肥臀的牛蒡……

蔚蓝深处的阳光倾泻而下，油菜在逐渐积累的温度中流露出倦怠的神色，少妇们手中的锄头挥动的节奏逐渐减慢，嘴里的话语开始稀疏。心里暗暗嘀咕：这么大的工作量啥时候才能完成？

"唱首曲儿吧。"有人发话。

"那就唱一首吧，实在干不动了。"有人附和。

"唱吧唱吧，反正远离村庄，别人也听不见。"有人怂恿。

　　老爷山上的刺呀梅花　扎是个扎我嘛还摘两把　只要你尕阿哥给句话　死里吗活里时我不怕……

　　刺梅花刺梅花刺梅花　把手扎　尕阿哥你给句话　心儿和你在一起　哎嗨哎嗨哟哟呀啊　心儿和你在一起　阿妹把你想呀　阿妹把你想呀……

青海花儿中的刺梅花并非我们常说的"虎刺梅"和"铁海棠"，而是初夏时节开在海拔两千三百米以上的蔷薇科蔷薇属的扁刺蔷薇。青海大通县境内老爷山上的扁刺蔷薇玫红色和黄色居多，灌木丛生，高度可达三米左右。夏至时节漫山遍野的刺梅花轰轰烈烈地盛开了，此时蝶儿飞，蜂儿忙，好不热闹。恰在此时，青海四大花儿庙会之一的老爷山花儿会也如期举行。老爷山的花儿会缘何而起，无法给出定论，但有传说之一：很久以前，老爷山上只有朝山会，到了清朝末年，山下有个名叫"才让措"的藏族妇女，在农历"六月六"这天的朝山会上唱了一首花儿。她嘹亮高亢的声音传播开来赛过了青铜的唢呐，悠扬的曲调满山满洼传递开来，连鸟儿都停止了鸣叫。从此以藏语"才让"为意的"长寿令"日渐壮大，每年的农历"六月六"就会有人赶来向才让措讨教唱法，花儿会的规模也越来越大，于是就有了老爷山花儿会。"青海花儿"形同于老百姓的诗歌，信口拈来，为表爱情、表亲情、表思念……除去仪式感极强的老爷山花儿会，一旦得工夫坐在树荫下、田埂上、河滩边、山坡里，她们就会让全身的疲劳都化解在这抑扬顿挫、明快动听的曲调中。

如此，油菜田里的每一位少妇都是"才让措"，才让措们清澈嘹亮且具有野味的声音一经传播，就再也停不下来了，旁边的人提醒：要不小声点吧，不然晚上回家会受到公婆数落。才让措不听，加快了挥动锄头的频率，扯开嗓子又来一曲："花儿是民间的一枝花，唱两声花儿时醉哈，家里的牡丹开败了，外面的花儿们俊里，青苗地里漫三水，它不如天上的雨水，大豆花开虎张口，馒头花开成绣球，花儿本是心上的话，不唱时由不得自家……"

明快空灵的声音在田野间跳跃，在山洼间，在青苗头上，在鸟雀的翅膀上，在轻如羽毛的流云之下，在流动的空气里，在树木的枝叶间，在她们的心尖尖上如泉水般叮叮咚咚地流淌。

十万亩油菜齐声歌唱，十万只锄头齐头并进，她们是庄稼地里的百灵鸟，热烈的曲调令才让措们忘记了炽热的阳光，忘记了疲惫的身体，忘记了十万亩油菜庞大的面积，忘记了黝黑面孔上的汗水，忘记了远处村庄里的忌讳，她们唱得深情而悲壮，唱得庄重而孤独。

长居城市的陌生人听到嘹亮的歌声便忍不住前往她们所在的田间。才让措们看到突兀出现的陌生人便不知所措，红晕飞上脸颊，歌声便戛然而止。羞涩令她们脚步凌乱，挥动锄头的节奏杂乱无章，一不小心将一棵半大油菜的子叶砍去，除去锄头接触地面发出单调又沉闷的"咔咔"声，整个场面陷入史无前例的寂静里。

陌生人尴尬，笑笑说："想必是我的到来打扰到你们的雅兴，可我就是想听听你们的歌声，我从未听过如此高亢又如此接近自然的原生态歌声，它们就好像是奔跑在林间的狐狸和野兔，又像是左奔右突寻找出口的河水。再唱一曲吧。"

才让措们不肯，哪能如此随意在陌生人前唱这些不着调的野曲。

远处有雉鸡叫唤，拖得长长的尾音撕开铺天盖地的空旷，像裂帛。

"唱两句吧，你看连山林里的雉鸡都给出信号了。"陌生人说。

才让措羞涩，说那你转过身去。陌生人遵从她们的意见。

  山里头有名的昆仑山，大川里，美不过青海的草原；花儿里俊不过白牡丹，人伙里，好不过英俊的少年……

清澈的声音再次顺着空旷的田野和山的脊梁延展，然后在某处迂回，让陌生人想起电影《塔洛》中的拉伊：唱啊唱拉伊，在那高高的山上，鸟儿一对对飞翔，我没有飞翔的伴儿，你做我飞翔的伴侣吧；唱啊唱拉伊，在茫茫的大地上，知心的情侣一对对，我没有知心的伴儿，姑娘你来陪伴我吧……

才让措的歌声此起彼伏：白云彩挽疙瘩，一朵朵像莲花，又像是才开的棉花，搭上个梯子了，用尕手款款儿摘下，阿哥好比白棉花，纺成个线，织成个布，缝一件汗褡穿上……

陌生人想起《塔洛》里的另一段拉伊："姑娘啊姑娘，熟悉的森林陌生的百灵鸟，虽然相互陌生，听你鸣叫就熟悉了；姑娘啊姑娘，熟悉的村落，陌生的人儿，哪有注定相识的，说上三句就熟悉了……"

可是陌生人噤若寒蝉，在这高天厚土之上，他的声音如涂了重金属般沙哑而不接地气。田主人们看着他嘻嘻哈哈地笑，陌生人仓皇转身逃走。

"大河的沿上牛吃水，鼻圈落到个水里，端起饭碗想起个你，面叶儿捞不到嘴里……"她们将思念唱得具体而清晰。那个出门打工的男人只是拉着牛去河边饮水，很快就回来。明知他在短时间内回不来，只要用花儿打发时间，这时间便迅速缩短。

一个擅自闯入的陌生人何以懂得！

田地里的才让措们在她们的歌声里日渐走远，似乎未来要收获的、沉重的大地——青色的、一望无际的有力麦芒，倾斜的、近乎倒伏的结籽油菜，整整齐齐摆在辽阔的高原大地上，仿佛一块看不见边的耀眼金块；麦浪滚滚，田畦蜿蜒，她们饮下青稞酿成的美酒，她们醉倒在帐篷前的篝火旁……都已经在这个季节打好了伏笔。

二

小满时节，红墙小院里，一株暴马丁香和一株榆树遮蔽了半个空间。从细碎树叶间筛下细碎的日影，铺在砖地，映照在窗间。

连续几天雨，让暴马丁香和榆树都有了枝繁叶茂的迹象，暴马丁香开出白色花朵，香味馥郁，在原本不大的空间里奔走迂回，香味也延展到墙外，引得蜂儿蝶儿无数。榆树高大，似是存活了很多年，枝干皴裂如铠甲，在顶端形成伞的模样，一半阳光，一半阴凉。几只麻雀在高大树枝上鸣叫并跳跃，时不时将头伸到翅膀底下梳理羽毛，然后将浑身的羽毛抖得松散。如果不是听过画眉等鸟的鸣叫声，安静得只听到几声犬吠和大人呵斥牛羊的声音里，麻雀的叫声似乎也变得好听。麻雀叫声时而稀疏，时而密集。它们喋喋不休，似争吵，又似辩解，似焦虑，又似欢喜。一群鸟抖动翅膀集体飞走，又一群鸟扑棱棱集体赶来，树枝便伙同它们一起热闹。

　　风由着自己的性子在树叶间穿梭，婆娑作响。明明已到小满，气温却凉薄如秋，可见有时节气的样貌并不连贯，最近的气温就像掷骰子一样，没个准点。天气时热时冷，气压急上急下，似乎已经成为常态，这样的天气往往令它的受众手忙脚乱，不知所措。

　　榆树下的蔷薇长出新刺，从节节抽出密集花苞，一只狗从它身旁经过，鼻子凑近花儿，嗅嗅，抬起左后腿撒尿。大概，这只狗原本在这里做过记号，只是雨后，所有气味都遗失了。一只猫在不远处盯着狗，弓着背走远了。不多时，那只走远的狗又返回来，在蔷薇处停下来，嗅嗅，抬起右后腿再撒尿。蔷薇在那只狗的攻势下微微晃了晃身子。

　　男主人坐在轮椅上，脸色被高原风浸染得古老而遒劲，他一遍遍擦拭摆放在木架上纹路模糊的石头。石头众多，形状大小各异，装满了整整三层木架。这是多子多福，这是猴子捞月，这个横看是一条龙、竖看是三江源……主人给每一块石头都赋予姓名，直到深夜，石头屋里的灯火依然明亮。黑夜里，他深情面向石头的脸似乎抽离现实，遗忘了自己，他沉陷在轮椅中的矮小身影填满了空旷的木屋。男主人十年前患风湿疾病，近年需要轮椅支撑行动。原本想着他因疾病而沉默，可脸上依然挂着微笑，与别人探讨石头更是口若悬河，仿若石头和他彼此滋养，相互给予血液和河流。

宛如许多个早晨，女主人给炉灶填上牛粪，烧水，切土豆，从庭院角落里挖几根葱，割草木灰壅过的韭菜，洗蘑菇，挤牛奶，拿起斧头劈木柴，她的身影落在巨大的灰暗中……

女主人平日里的付出显而易见：萝卜的根茎已经顶出地面好大一截，鲜红的草莓藏匿在叶子底下，一条蚯蚓在泥土里打个滚，慢悠悠地从叶子底下穿过。绣球在细长的梗上开出硕大的花朵，月季花瓣层层叠叠，百合枝上挂满了密密麻麻的花苞。开在角落里的干柴牡丹呈粉白色，亦如大朵大朵的锦缎镶嵌于暗绿之上。才明白，给予石头和男主人血液与河流的是她和她的草木与花朵。

只是，斑驳的老墙根下长着一簇绿油油茂盛的青苔。阳光洒落在青苔上，令青苔鲜亮耀眼。那是恍惚的一种绿，似被时间耽搁了，却依然附着土地。又似是在滋生着故事，孤独着，缄默着。

几只喜鹊在屋外的白杨树上"叽叽喳喳"叫个不停，有胆大的扑棱棱飞到院子中间，在离我不远的地方跳跃着。又似乎期待我手中飞出的食物，若是偶尔捡到一块面包屑之类的东西，那"叽叽喳喳"的叫声越发嘹亮起来，喜鹊把面包屑衔到嘴里，又吐出来，围着它又吵又跳，似是吃到什么"璞玉珍馐"般值得炫耀，于是，麻雀、斑鸠和鸽子都飞来了，甚至一只、两只、三四只雏鸡探头探脑地出现在敞开的门扉处。一只猫快速爬上东边的墙头，雏鸡在长满青菜的地里找寻一条爬不动的蚯蚓，猪在圈舍里从撕心裂肺喊到有气无力，一只还未剪去羊毛的羯羊跑进韭菜地里，蜘蛛修补屋檐下被昨夜风雨撕毁的网，蚂蚁爬上花架，蚜虫在月季刚长出的新芽上耀武扬威，瓢虫撑开轻薄的羽翼急急忙忙赶来……眼前的一切，似乎将我置身于贝多芬《田园交响曲》中的第一乐章里：雨后，田野清新，宁静，又忙碌不已。臆想里，阳光穿破浓密的树梢，琴声越过狭长的走廊，从田野流向四面八方，女主人穿着华丽衣裳忘情旋转。

暮色四起时，从暴马丁香和榆树细碎树叶间仰望，可见微蓝轻盈的天空，一轮上弦月被轻薄如羽毛的细小云朵衬托，星星像极了女主人脸上的碎碎点点的小雀斑，一粒粒镶嵌在深色幕布般的辽阔天空中。几处灯火渐次亮起，这温暖灯火令高原深处的黑暗露出更多的层次。夜晚宁静深邃，似乎有大量释放出的眼和耳，它们不断闪烁，从黑暗中生出更多新枝和末节，走入厚重的苍穹。乡村夜晚的星空不同于城市之上充填着雾、岚、烟气、稀薄气体的天空，这里清光皎皎，它们安静而清晰地映射在仰望者的眼中。

一层比一层深沉的黑暗由远及近，几处灯火渐次熄灭，但石头屋里灯火依然固执地发出光亮，男主人白天蓄积的烦躁情绪在与精美石头对话的漫长时间里消失殆尽，女主人洗漱，对镜贴花黄，酣然入梦，夜晚赦免了她所有的疲劳。似乎，女主人供养的花儿们更愿意在夜晚的寂静里狂欢，它们争先恐后地蔓延根系，横冲直撞，沸沸扬扬。清晨时，女主人眼睛里映射出的红色月季和黄色刺梅又多了几朵。

城市里的植物景观大都刻画着人工痕迹，而这里的每一口空气都仿佛被林间的微风浸湿。小院的大门正对着一望无际的原始森林，清晨，在推开木门的一刹那，森林里负氧离子奔涌而来。除去常绿乔木油松及常绿针叶乔木青海云杉，森林还生长着祁连圆柏和青杨。乔木粗壮威风，联合起来如密不透风的屏障。

山风摇摆着莽莽苍苍的松林，呼啸高一声低一声地回荡，鸟雀鸣叫声、水流汩汩声、风过树叶簌簌声、人坐在石头旁的聆听声、植物拔节生长声都在大地上汇集，那声音仿佛是夏季盛行于高原的灿烂，遥远而清晰。

爱默生说人就是一道霹雳,一切自然的力量都会从她身上喷涌而出。对面摇摇晃晃走来谁家女子,眉眼带笑!

三

小满时节,视野中气势磅礴的祁连山脉顶端还有痕迹明显的雪线,可是被众山包裹形成的相对盆地里的农作物麦子、青稞及经济作物油菜都呈现出生机勃勃的绿意,麦苗和油菜叶间隔覆拥,肥厚的叶片覆盖了土地原本拥有的灰黑色面目,饱满零乱的绿色之中潜藏着强烈的青草气息。

云朵、青草、风,属于原野的所有元素汇聚。布谷鸟的叫声也顺着风声传递过来,一声比一声明亮。木屋旁边用小栅栏围成的花园里蚕豆才长出细小的藤蔓,白色的草莓花细碎,鲜亮,开向四面八方,间或出现一两朵黄色蒲公英更是明亮耀眼。露水在植物叶面上结成珍珠,跳跃着落向地面,母鸡在花园里觅食,荷包牡丹开得热烈,木格窗户的玻璃上映衬着主人光华闪烁的脸……

平素静谧孤清的小村子在小满时节的农历四月初八有了生气,太阳的光芒还未越过东边的山头,女主人就在厨房里忙碌开来,锅碗瓢盆碰撞声、麦草燃烧声、清水叮咚声,各种声音此起彼伏,显得杂乱无章又悦耳动听。白生生儿的是凉粉,绿莹莹儿的是韭辣,红素素儿的是辣椒,油葱葱儿的是蒜末,清亮亮儿的是醋,动作麻利的女主人在清晨只用半晌工夫就做成了美味可口的食物,吃一口,半天咂嘴不已。

女主人认认真真地洗脸,仔仔细细地梳头,拿出许久没用过的胭脂和粉饼,对着镜子一丝不苟地描摹。她将原本干枯的头发抹上头油,在后脑勺绾起一个鸡蛋大小的纂纂，端端正正地戴上一顶墨绿色的小圆帽子，换上之前买来的新衣服，急急忙忙出门去。路遇同样兴高采烈从四面八方赶来的盛装邻人，隔着遥远距离扯开嗓门打招呼，紧着走两步撵上他们的步伐。

此去只为"青苗戏"，当地民间有一句谚语叫"一到四月八，地边把柳插"。所以在农历四月初八这天，留在村庄里的男女老幼必然盛装打扮后倾巢而出。据说达坂山支脉蓝雀山下的"青苗戏"始于清朝末年，且历久弥新，盛行至今。蓝雀山下的乡民们对"青苗戏"定规严谨，唱戏日为整三破四的日子，演员演出时不能出现衣冠开落、道具脱手的现象，本年唱过的戏本此年不能重复演唱。相应地，他们对草木的保护也升级到全民公约的高度。四月初八的青苗戏结束后，就由会头召集五位德高望重的老人昭告大众，张贴《护青公约》，并手拿杨柳枝，在规定的地点烧钱化纸祷告，在河边插牌为记。

《护青公约》只有简单明了的五条：一是不准在塄坎上放牧。二是不准糟蹋地边的庄稼。三是不准在青苗期砍树。四是青苗期不准在河里洗衣服。五是青苗期不准打仗吵嘴。"五不准公约"须人人遵守、户户执行，若有违反者便罚交粮食作为青苗戏会粮。

大概应了《护青公约》，或者乡民们在潜意识里已经形成保护植被的理念，每至夏季，视野中的祁连山脉以黛青的主色调无限静默地向远处延升，野花汇集如绸缎，所有的植物都高过游人的眼睛。田野里农作物长势旺盛，青稞麦芒耳鬓厮磨，摇曳生情，快乐地说笑；十万亩油菜田摩肩接踵，花朵汇成金色海洋，养蜂人喜上眉梢；流水迂回着穿过草原，羊群被嫁接到天上；绿色苜蓿开出紫色花朵，土豆叶片从主脉络的翠绿色向周围过渡出浅绿色；空气中充满了草莓色的甜蜜和金翅雀樱桃色的啾鸣，弥漫着火绒草的气味和温柔的光芒……

整个田野是一枚巨大的孕妇，臃肿而厚实。红墙青瓦的院落被草木和群山包裹，在阳光下，仿佛看到一些种子，在另外一时同样一片蓝天下形成的繁荣。在离广场尚有一公里路时，"哒哒哒哒……哐哐哐哐……"的声音就已经响彻云霄，路人脚下的步伐便又快了一拍。

戏台上淡蓝色的宽大幕布随风摇曳，定睛看时呈现出美轮美奂、似真似梦的琼楼仙阁。似乎亦可见凤冠霞帔的公主，身着绸缎蟒袍，顺滑如水。凤冠上的珠子微微颤动，白白长长的水袖在身后飘飞，她的面庞被油彩装扮得粉粉嫩嫩，明艳不可方物。她一笑一颦、一顾一盼都光华夺目，摄人心魄。台下女主人低头看了看自己才换的衣裳，端正了自己的坐姿。

青衣从一把金色的纸扇后面探出脸来，风情万种。锣鼓声起，一声声委婉缠绵，一声声明亮透彻：

  勤纺织苦节俭安度艰难
  送我儿到南学去把书念
  但愿他肯奋发莫可贪玩
  ……

一曲终了，掌声起，女主人不由得想起那个在外求学的孩子，心中有惆怅弥漫。

京胡咿呀响起，台上换了角色，施了粉黛的花旦，眼神似秋水，一开口已将人的心扯到云天外：

  恨相见得迟，怨归去得疾。柳丝长玉骢难系，恨不倩疏林挂住斜晖。马儿迍迍的行，车儿快快的随，却告了相思回避，破题儿又早别离。听得道一声去也,松了金钏;遥望见十里长亭,减了玉肌:此恨谁知?

台上角色身段曼妙,舞动水袖,浅吟低唱。丝弦悠悠,似是要唱尽满腔愁情,即便隔着几个朝代,依然颠倒众生。女主人想起打工在外的男人,心中亦是咿咿呀呀唱个不停。她似乎已经成为剧中的某个角色,甚至她的吼唱由西山传到东山,由南坡转向北坡,如蒲公英绒球一般飘在村里,飘到每一座灰瓦红墙、被树荫遮蔽的小院:

　　我送我的哥哥　庄子北
　　庄子北上下大雪
　　早知老天下大雪
　　我留我的哥哥住一夜
　　……

四

一年生,两年生,三年生……一直到十七年生。

在达坂山脚下的东峡林场里扦插的云杉枝条密密麻麻地生长,显得少不更事却又饱经沧桑。每一棵小苗上都挂有标签,仔细记录着栽种的日子。

"其实很好辨别它们生长的年限,主干上长出侧枝的地方就是它们生长了一年的长度,但是刚栽植的云杉树苗,前三年个头几乎不长。它们只把精力放在根系上,扎根比长个子重要。三年后,根扎稳了,地上部分才慢慢生长。起初每年几乎只长一厘米左右,过几年增长速度就会加快，所以你看到的这十七年生的云杉就会有接近三米的高度。这还是无性生殖中扦插技术在加持，如若只是依靠种子繁殖，生长速度几乎要比扦插的慢出一倍。我们要选优良的树木作为母体，室内栽培的目的是优化品种，通过扦插等无性繁殖技术，使品种更加优良。可是云杉生长缓慢，这就意味着我们期望的结果需要几代人甚至更多的人前赴后继。"林场的场长说。

在林场室外的空地上，一棵长了一百年的青杨只留有根部，其余部分因为遭到雷击无法成活而被挪走。青杨根部着实粗壮，四个成年男人的臂膀环起来依然围不住它。林场的场长说这要是换作青海云杉至少得有六百年的成活时间。

一直觉得松科类植物无论是生长年限还是生长色彩都属于长青植物，看不到老去的模样，也见不到树叶掉落的样子。但有一次在林芝地区的鲁朗林海看到海洋一样的松林翻卷着绿色的波涛，阵阵松香奔涌而来，弥漫了整个山涧。在享受森林带给的慈悲和供给时，也看到大量倒下的松树。得知有一部分是被雷劈的，还有一部分是"风倒木"。"风倒木"是林草上的一个专业术语，意为因为树木根浅，被大风吹倒，逐渐死去。看到树木的年轮一圈圈在根部的枝干上如水波般荡漾并停留在永恒时，心中难免可惜。

"任何生物都有新生和死亡的过程，没有长生不死的东西，只是松柏的生命周期比较长而已，这些被雷劈的树木和人一样，在生长过程中遭遇了意外，由不得它。生生灭灭的事，在自然界中原本就是常事，虽然有些松树被砍伐了，运走了，但新的松树在周围蓬蓬勃勃地生长起来了，不像是前赴后继的人世界嘛！？"随行友人的一句话给了我释然的理由。

东峡林场的对面就是鹞子沟国家森林公园。鹞子沟国家森林公园处于达坂山东峡水源涵养林区，占地一千六百多公顷。国家森林公园里的云杉高大，行走在林间有遮天蔽日之感，给森林增加了幽暗的色彩。林间灌木纵横，藤蔓攀爬，野花缤纷。坐在那里，即使闭目遐想，滚滚而来的缤纷色彩也会随着阵阵松涛穿透你的灵魂。林间也有野性十足的动物，但敏感的它们一旦感受到人的气味就会遁逃至森林深处，偌大的森林到处都是它们的藏身之地，它们轻车熟路，游刃有余，而人一旦身陷其中，必然会迷了方向，走不出来。虽然人类一度是它们最大的威胁，但最近几年高原上的生态逐渐好转，鲜见人类盗猎野生动物的现象，但动物与动物之间肯定会有战争、有杀伐。就在我们顺着小径往山顶攀爬的过程中，看见一堆还未被风吹散的粪便，粪便上粘着未消化的毛发。好奇的人蹲下来研究：那毛发像是兔子的，粪便好像是狐狸的……不难想象，兔子作为生物链中的第二营养级，每天过着心惊胆战的日子，一不小心就要死于非命。

就在众人感叹大自然的凶险与慈祥时，风中传来铜铃的叮咚声，似乎是从遥远天边颠簸而来。原本暗哑寂静的森林突然变得无比响亮，一个小时后与牧人迎面相逢，他惊奇地看着我们这些不速之客，脸上带着隐约可显的微笑。他用他自己的方式与诸位打着招呼，牛在他不远处的地方抬头吃云杉低矮处长出的嫩芽。友人问我给牛系上脖铃为何意。我说大概为解牧人的孤独之苦，风吹铜铃也是一种美好意境，牧人的时间会过得快一些，或者驱赶野兽用，提醒那些觊觎它们的野兽，此处有人间的音乐，别做无用的试探。友人笑着说想象力足够丰富，还挺文艺范，但牧人为牛系上脖铃只为丢失后好寻找，不然这么大的幽暗的森林，一头牛藏在里面就如同一只蚂蚁藏在一亩田里，没有铃声做指引，如何找寻得到。

其实，关于云杉，关于放牧，自我记事起就对它们有着印象。那时父亲为换取少量的生活物资，赶着全队的牛去"山后"放牧。他说他的终极目标是给我妈盖三间松木大房，所以每次归来时肩上会扛着一棵足够做椽子的松木，即便他的肩头渗出血迹，他依然感激森林给他的馈赠，为了多扛一棵可做椽子的松木回家，他每隔七天就会赤脚回家，然后在天不亮时又往回赶。那时候父亲放牧的牛脖子里还没有铃铛可系，可他的牛从来没丢过，甚至到了大暑时节从山里回来时，还有出生不久的小牛犊跟在母牛后面撒欢。父亲扛着的木头一头有时会用草绳系一只兔子，有时会系一只野鸡。但很多时候都是光秃秃的。每每逮到野味，父亲的神情里流露着他无法察觉的耀武扬威。

母亲是个文艺范的人，时常拿着一本书在昏黄煤油灯下翻了又翻，把一本书的脊梁快要翻断了。我说森林里只有牛陪着父亲，他不孤独吗？母亲说，他还有白天的太阳和夜晚的月亮星星，他有绿色的云杉，他的心里还有我们，他有丰满的世界。经母亲一说，父亲似乎就成了一个富翁。父亲在放牛归来的时候确实比别的父亲要富有，他的牛皮袋子里装满了蘑菇、鹿角菜、火绒草、柳花菜以及鲜红的野果，看上去他就像一个凯旋的战士，长途跋涉后带着满身的胸章回来了。后来父亲连着两年守着只有一只狗的工地，他为母亲盖三间松木大房的心愿得以实现。母亲躺在炕上指着房梁间的某一根椽子说那是父亲从山后扛回来的，她识得的。

书籍《雪山碉堡海棠花》中说一片森林的存在就是一种慈悲，无论何时都会闪耀着奇异光芒。有时，站在一棵高大的云杉树下仰望，树梢上挂着流云，树头上顶着苍穹和日月星辰，就会想起博尔赫斯写的那首《约翰内斯·勃拉姆斯》的诗里说：我只是一个不速之客，贸然闯入你慷慨留下的百花园。

想要一片花园

一

母亲说她曾拥有一片大的花园,姥姥在园内种了芍药、玫瑰、月季等开得鲜艳的花儿。蝴蝶流连,蜜蜂忙碌,好不热闹。

花园在枣树下,枣树很大,结满了红彤彤的枣,掉落在地上的红枣被蚂蚁围困,但始终搬不走。枣树浓密的枝叶足够遮住太阳炙热的光线,姥姥就在树荫底下看书,她穿着锦缎的旗袍,将如云的秀发绾至脑后用亮色的发簪别住,很好看。

那时候母亲出生还不及俩月,她完全看不懂那些花儿的颜色,红和白会有什么区别,或许她看见花儿的时候也好奇,也兴奋,会伸出手揪下花瓣,拿在手里,将花瓣放进嘴里,再流出口水。

母亲在六个月时被姥姥带着逃离她的花园,那时候是阳历的三月,西安城内春色尽显,柳枝垂下,月季露出新鲜的颜色,芍药结了很多花骨朵,还没来得及开放。

六个月的母亲看见鲜艳的颜色会笑,看见蚂蚁会发出咿咿呀呀的声音,她和许多婴儿一样,对每一个新鲜的事物都流露出好奇的神色,包括那辆拉她们出城的发出破碎声音的卡车。

在她们离开之前,姥姥还专门去给花园里的花儿浇了水,她说要不然过几日回来花儿可能就蔫了,可能就死了,走之前浇水是对的。她看到密密麻麻伸在枝叶之上的芍药的花骨朵,开心极了。她想等她回来的时候她的花儿就会开放,花儿发出清香味道的时候她又可以坐在枣树下喝着龙井,旁边的婴孩会扶着墙走。

可是姥姥直到死亡再也没有见到过她的花园,从离开之日起,她的花园就成了祥林嫂口中的阿毛,她逢人便说:我有一个花园,里面开满了芍药、玫瑰、月季和凤仙,蜜蜂与蜜蜂打架,金壳虫和金壳虫打架,好不热闹。

"我有一个花园。"母亲在两岁时也对着别人说这句话。

"在哪儿呢,花园?"人们对着一个有着微卷发大眼睛的小姑娘认真地问。

"喏,在这里。"她伸开手。

粉嫩的手指合不拢,还有些污垢在上面。

"花园掉下去了,掉下去了。"她嘟囔着说。

"快抓住,快抓住,抓不住了,掉下去了。"她继续说,人们看着她笑。

再见她,依然笑嘻嘻问一句:"凤儿,你的花园呢?找到没有?"

"在呢!"她脆生生回答。

母亲两岁时的花园可能是一捧水,一只手心里的虫子,泥土、白色好看的小碎石,还有一枝被她捡来的沙枣花。

"你看,我有一个花园,我把花园给你。"她大声地说给姥姥听,姥姥转身疾走。

母亲在二十岁时有一个花园，被泥土砌到一米多高，她站到花园旁边的时候，比花园刚好高出一头，花园方形，面积狭小，足够种下几枝菊花和几朵凤仙花，如果再挤一些，就在角落里放一枝荷包牡丹，再放一枝山丹花吧，就一枝。

那么小的花园本不是用来种花的，是农历初一十五煨桑用的。铁质的容器里放炭火，放松枝，放糌粑，放炒熟的青稞，将铁质的容器放在花园边上，烟雾升腾，满院子都是好闻的松香味。母亲毕恭毕敬，站在桑烟前祈祷，祈求五谷丰登、家畜兴旺、身体健康，她也许还有很多个愿望，但其中之一便是让她花园里的植物见着雨露和阳光，早些开出花朵来。

其实，母亲在她的小花园只要撒下种子即可，无需再花时间去打理。那些种子见到雨露之后争先恐后地从泥土中钻出来，密密麻麻。再见到阳光，见到风的时候就会疯长。角落里的荷包牡丹和山丹花也从泥土里探出头来，睡眼惺忪。它们将自己的粉嫩枝丫当作触摸天空的触角，对于它们，地面之上就是天空，触手可及。

农历五月，荷包牡丹就开了，好似一串玫红的小铃铛在枝上摇曳。荷包牡丹的形状很像是秀儿送给她对象的香包。她对象在端午节时给她拿来了雪花膏，拿来了扣线，拿来了一件粉底白花的布料，还有格子的头巾。秀儿烙了好吃的饼，她把之前绣好的香包放进衣服袖子里，她对象到厨房和秀儿要水喝，秀儿的眼角就飞上了星星，秀儿把香包塞进她对象的手里，用低得听不见的声音说：里面有山林里采来的香草。秀儿的对象拿着香包，没喝水就出了厨房的门。

风吹来的时候荷包牡丹摇摆不停，就像秀儿碰到悦心事时笑得停不下来的样子。

七月，山丹花开了。山丹花花瓣上分布着紫色斑点，每一片花瓣都朝外翻卷，有着夸张的雄蕊和雌蕊，雄蕊顶端沾满了红色的花粉。

秀儿见到母亲院子里的山丹花时，就被山丹花迷住了。山林里也有山丹花，山林里的山丹花小而少，走半天才能见到一朵。山丹花躲在荆棘中，不好采摘，且花瓣也没有紫色的斑点。前面走过的人们摘走了它的花粉，她们将花粉拿去做胭脂。秀儿也想要胭脂。秀儿想要胭脂的时候就看见了母亲花园里的山丹花。山丹花开得繁盛，雄蕊顶端缀满了花粉。风吹过来，花粉就散开了跑。秀儿站在门口，一直盯着花园里的山丹花。

"秀儿，你站在门口做什么？"

"婶子，你家的山丹花真好看，山丹花可以染颜色。"

"秀儿，拿一枝种到你的花园里吧？"

秀儿开心极了，从此她可以拥有一朵比一朵多的山丹花，一束山丹花就是她的整个花园。秀儿的对象过来帮她们收庄稼的时候，秀儿花园的山丹花开得疯癫，秀儿脸上溢满了胭脂。

七月，菊花也开了。每一朵菊花的花瓣都层层叠叠，每一朵菊花的颜色也不尽相同，有白的，有粉的，有玫红的，有黄色的，也有金黄色的，每一朵菊花足够装得下一个秋天。蜂儿流连，蝴蝶吟唱，母亲的花园因为菊花的参与而日渐热闹。

天旱的时候母亲每日里给花园的花儿浇水，月亮还在天上的时候她已从远处挑了水回来。一桶倒进缸里，另外一桶放到花园边上。

荷包牡丹两勺，山丹花两勺，凤仙花两勺，菊花也逐个浇了……

母亲不会厚此薄彼，她说每一朵花都是花园的一部分，单捉出一个来宠爱，整个花园都不好看了。

我不知道她是如何将这么好听的话想出来又如何不动声色地表达出来的，她说得轻描淡写，说的时候还在看一只被水冲跑的蚰蜒，蚰蜒在水里找不到方向，但只一会儿就不见了踪影。

母亲的花园里聚集了很多的蜜蜂，它们从一朵花飞到另一朵花，再回到起先离开的那朵花，它们似是忘了回家的时间，只管嗡嗡叫着，后腿沾染了花粉，甚至都有肉眼可见的小球状物。

"我想抓一只蜜蜂玩。"

"不可，会蜇你的，它也会死去。"

"我想抓一只蜜蜂玩。"

"被蜜蜂蜇是一件很痛苦的事，我小时候被蜇过。"

"我想抓一只蜜蜂玩，我去抓了。"

大概每一个倔强的孩子都会有一次被蜜蜂蜇的经历，否则，他们的过往拿什么津津乐道。

凤仙早就开了，在茎上结节间生出一朵朵白色、粉红、紫色、粉紫的花儿，翘然如凤状。凤仙名字好听，但比凤仙更好听的名字叫海娜花。

姐姐在夜晚时分摘下海娜花，摘下叶片，将它们放到蒜臼子，放白天从商店买来的白矾，捣得细碎。她将捣碎的海娜花放在我小小的指甲上，用核桃叶包住，再用细细的线绳捆得严实。

"把手放在外面啊，到天亮的时候指甲就红了，会很好看。"

我将手举过头顶，手指头被勒得火烧火燎地痛。但想起鲜艳的红指甲，疼痛就莫名消失了。

梦里海娜花开成一片，我在花海里奔跑，每一个手指都被蜜蜂蜇了。天亮时节，迫不及待卸下手指上的武装，海娜就在指甲上盛开了。

海娜花结果了，成熟了，把手轻轻放在果实上，果实"嘭"一下散开，种子四散逃逸，有的落到砖缝里，有的落在土地上，手心里也有几颗黑色的籽。

母亲在四十岁时有了一个大花园，花园是她自己设计的，花园的墙不要太高，墙面是镂空的砖墙，镂空的图形像菱形的眼睛。

她在花园里悉数种下芍药、月季、菊花、山丹花、芫荽梅、牡丹，甚至还在花园的角落里栽下一棵枣树。

从春天开始，花园里就变得生机勃勃，牡丹先开，接着是芍药，荷包牡丹也开了，然后就是凤仙、月季、玫瑰、山丹花、菊花、芫荽梅，赶趟似的。花园里花团锦簇，一直繁盛到晚秋。满园都是花儿馥郁芬芳的味道，蜜蜂和蜜蜂打架，金壳虫和金壳虫打架，好不热闹。

即便母亲不再说"我有一个花园"这样的话，但我们都知道她有一个花园，村庄邻里都知道母亲的花园很大，开着各色的花儿。

有一年的五月，枣树也开花了，如淡黄色小米粒般的花儿在枝叶间若隐若现，空气里挟着枣花淡淡的香味在风里弥漫。越来越多的蜜蜂汇集。就在那年的六月，秀儿家的蜜蜂分家了，盘踞在高高的杨树之上。很多人举着抹了蜂蜜的木篮子，都想把那窝蜂接走。

秀儿跑来和母亲说："婶子，把那窝蜂引到你家吧？你家花多。"

父亲也就加入到接蜂的队伍中，于是，那年六月我们家就多了一窝蜂。

一些枣花在风里扑簌簌落下，飘远。又有一些枣花在枝间露出淡黄色的小脑袋，婴孩般可爱，惹人爱怜。

母亲说她还想种两棵樱桃，还想种几株桃树，还想种绸缎般盛开的碧桃。在她离开村庄之前，樱桃、桃树和碧桃都在她的花园里生根发芽，端午之后，樱桃就如天使般挂在枝头，引来大批的鸟雀在枝间嬉戏。

"有一次飞来两只斑鸠，它们打起来了，你说它们也吃樱桃吗？"母亲问。

"嗯，不然呢？"我笑着反问。

母亲的花园热闹，蜂鸣声、鸟叫声、风过声，声声入耳。乡村夏季的夜晚星月明媚，寂静而凉爽。母亲坐在枣树下看天，十年之后的枣树已经很高了，即便在夜晚，也能想象白天的树荫。她从树冠里看到闪烁跳跃的星星，再往远处，她说那是三星，那是攒攒星（音）。我朝着她手指的方向，记住那几颗星的名字。

去年深秋，气温接近寒冷，在友人家几个人围着火炉谈天说地，喝一壶酒，中途出去看星星，天空中有三星，也有攒攒星，大家都识得。又喝酒，又出去看星星，往返四次，直到启明星升起来，才各自睡去。

父亲早些年去世，母亲在七十岁的时候也离开了她的花园。她说偌大的家里她一个人有些害怕，即便白天的时候也都闩上门，即便有花园，也是孤独。

母亲在城里生活，城市周边也有花儿开放，她会停下来看好久。

她逢人便说：我有一个花园。她终于懂得姥姥那些日子为什么一直要说她有一个花园。

一日我去看她，临别，她送行。她站在秋天的树下，一片一片的树叶从她头顶落下，我在车里看到她忧伤的目光。止不住想起张雨生的《我是一棵秋天的树》：我是一棵秋天的树　稀少的叶片显得有些孤独　偶尔燕子会飞到我的肩上　用歌声描述这世界的匆促……

于是，母亲就成了一棵秋天的树，目光捻成的丝线越来越长。她站在那里，直到雁声凉，霜叶红，炊烟挽起夕阳，夕阳镀亮山巅的白雪……

母亲的花园到了秋季，到了冬季，或者，她的花园已经没有了季节。

所以，我想要一片花园。

二

五月的第十九天，我种植在盆里的蓝雪花终于开出了蓝色的花朵，在它开出八朵花的时候，种在盆子里的太阳花也开出了三种色：橘红、黄色和白粉色。

去年十二月初，天气寒冷到嘴里呼出的白气落在睫毛上变成了银色的冰，友人将太阳花包裹在塑料袋内，装到厚实的瓶子里，再放进她柔软的包里……

那天有一场培训，我因故缺席，赶去一个飘着雪花的地方坐在车上等一个不知道来不来的人。雪花从空中沸沸扬扬落下，挡住了视线中三棵树的枝丫。友人发来信息：你今天没来吗？我给你带了太阳花。我说我下午一定来，来和你拿太阳花。

下午两点半，我匆忙赶到培训场，一眼就看到坐在最后排位置上她瘦弱的身影，我们相望，笑。她从包里拿出纤细的太阳花苗，说只要遇见土地、遇见阳光、遇见水它们就会开花。我小心翼翼将太阳花装进自己包里，不经意望向窗外，雪花还在飘。在我种下太阳花的第二天中午它们就盛开了，花朵干净、鲜亮，每一朵上面似乎真的有太阳的味道。友人说，等过些时日继续扦插，让满屋子都是太阳。我说好。

五月的第二十天，我看到那些后来扦插的太阳花都开了，以肉眼所见的速度"砰砰砰"地开了！

去年十一月九日，我因为一些糟心的事情忙碌而晚归。回家看到客厅里亮着灯，想着大概是母亲睡觉的时候忘了关灯。转头看到坐在沙发上的她，手里捧着我前两日买的《祭语风中》。她站起来说：你终于回来了，我把书看到二百多页了，一小时之前我就开始担心你，但我一直都不敢给你打电话，怕扰着你。母亲说她下午一直在逛超市，没买什么东西。看到唐道的玻璃栈道，看到有人小心翼翼地走。然后从唐道走到新华联，在大润发超市看那些精致的餐具。她说每一个器皿都发出光亮。"我最害怕看着看着就有服务员过来问我需要什么，要是没人管就好了，那些碗盏家什足够让我看一下午。"母亲说完这些话就去睡觉了，我坐在长满番茄的树下，想象一个有着雪崩般阳光的早晨，企盼我日渐庞大的忧伤在那个早晨灰飞烟灭。

五月的第十七天，我去老家，远远看见母亲手里提着一个塑料袋站在广场边上看过往车辆，我打电话给她：你站着别动，我来接你。看见我她满是欣喜，极力请我吃酿皮和蒸糕。我们坐在农贸市场上的小木凳上，痛痛快快吃着碗里的酿皮。而在这一天，我的第二季西红柿又开始开花结果，小米粒般淡黄色的花儿足足开了三层，姐姐说番茄花开够三层的时候就要掐芽，就要打头。我说好。

当我的蓝雪花开出九朵花，我的生菜和上海青又多长了一寸，我的番茄在枝丫间开出三十四朵小花时，婆婆从百公里外带着一袋面、一桶胡麻油，带着自己地里种的萝卜和生菜，带着和孩子姑姑一起包的饺子来看我。每袋饺子都写着标签：苦苦菜、芹菜、萝卜、香菇等。那天的我适逢偏头痛发作，躺在床上等疼痛过去。她和孩子姑姑将拿来的物品装满冰箱。临走前嘱咐：李静，你不想做饭的时候就煮饺子吃，很好吃的。

五月，在海西以西，一大群人努力地将盐碱地变成高标准农田，用来种植紫花苜蓿。五月，我还收到一束花，与花一起的还有祝福：你有一片花草繁盛的花园，希望岁月中吉祥安好。

三

我时常走过一条车少人稀的柏油马路，也时常看到几个农民工模样的人穿着沾满泥巴的衣服穿过那条柏油马路。他们头戴安全帽，向更远处的工地走去，那里机械轰鸣，景色繁忙。清洁工穿着橙色的衣服，宛如早醒的玫瑰，盛开在晨曦里，他们从草丛中捡起一张纸片，用剪刀剪去植物多余的枝叶。他们动作娴熟，信手拈来。

我亦看到孩子穿着校服奔奔跳跳地踏过青红砖铺就的小路，奶奶在旁边忙不迭地嘱咐走慢点。有时，她会停下来，让自己的孙子站在刚开不久的花儿跟前要留下影像。她嘴里念念有词："明天早上我们早点来，这样就有充裕的时间拍照，你看，这里的花儿开得真好。"

我站在清晨的阳光里，感受明媚。看到对面来的女子，眉眼带笑，蓬松的乌发涨满了旁人的眼帘。

昨日又穿过那条车少人稀的柏油马路，阳光依然好到耀眼，摘下眼镜，那种明晃晃的闪扑面而来。我用手遮住眼睛，挡住眩晕，缓缓爬上柏油马路旁侧的一段缓坡。我一直想知道上面会是什么，想象里应该是一片荒芜的土地，长着低低矮矮的蒿草，或应该是堆满瓦砾水泥的待开发地。

夜晚刚刚下过雨，土路湿滑泥泞，与不远处的柏油马路形成对比。但有时，怅惘总是伴着惊喜。在我迈过泥泞土路的最后一步到达以前从未到达的高地时，情不自禁地尖叫起来。

一大片花海突兀地裸露在我的视野里。一如陶渊明在《桃花源记》里记录的那般：复行数十步，豁然开朗。土地平旷，屋舍俨然，有良田美池桑竹之属。阡陌交通，鸡犬相闻……只是那些良田美池桑竹变成五颜六色的花儿，鸡犬相闻又成了蜜蜂忙碌、蝴蝶流连的画面。

那些鲜艳的"三色堇"开满了我的眼睛。实际上我所看到的"三色堇"不是真正的三色堇,是我们常说的芫荽梅。也是被我们很多人歌颂为格桑花的花儿。可我却固执地认为它就是我心里的三色堇,那些大片土地上的芫荽梅只有三种颜色:玫红、粉红、雪白。

这片处在城市边界的整片花海中芫荽梅占了主角,那种透亮的、鲜艳的颜色是别的花朵无法企及的。芫荽梅在青海是芫荽梅,到了西藏她就成了格桑花,在新疆又是波斯菊。无论哪种名字,都让人心生欢喜。情不自禁俯下身来看那些在花丛中舞蹈翻飞的蝴蝶和蜜蜂。有那么一刻似是忘了时间、空间。在属于自己的世界里看这些掩映在鳞次栉比的楼房间的花儿,竟开得这般风生水起。

旁边似是菊花的植物,也是开得密密匝匝。但与印象中家养的菊花相去甚远。记得母亲园中的菊花都是细长的,且在原有的根上分出好几个分支,然后几朵花一起争先恐后地开放,其中必有一朵是张扬的,而其他的逐个小而低矮。而眼前的菊花却是单束单只,如小麦、如青稞,所以不存在厚此薄彼的遗憾。而它的高度似乎还不及一英尺,却在顶上开出很大的花朵,似是一朵朵五颜六色的太阳花。

阳光聚拢起来,在每一片花瓣上洒下光芒。那些停留在枝叶上的露珠滚落在脚面上,深深凉意便刺穿了骨髓。也有一束光芒在露珠上汇聚,发出斑斓的色彩,投映在眼睛里,我看到闪耀着光芒的薄凉,华丽而过。

半晌,那些露珠都不见了,花儿们依旧在属于自己的世界里忙碌着。它们交谈、恋爱、与蜜蜂亲吻,将花香传向远方。

似是这满地的花都在等我到来,与它们一起欢乐,倾听属于自己内心的声音。就在这一刻,喧嚣的世界安静了,机器不再轰鸣,人们不再忙碌。犹如陶渊明在《桃花源记》里记录的那般:黄发垂髫,并怡然自乐。

几天之后，我又去了那里。我看到以往看到的那些农民工正在给花儿施肥。和着细雨将肥料一把把撒向空中，肥料在空中打着旋呼啸着以抛物线的姿态落到花儿的身旁，雨水将它们打湿、溶解，渗入到地下。

因为下着雨，所以少了蜜蜂蝴蝶的影子，但撒肥料的工人是不会错过这么好的时机的，这天降的甘霖来得恰到好处，雨下得酣畅淋漓，在每一朵花的根系里留下痕迹，俯下身，似乎会听到它们"咕咕"的痛饮声。

友人说芫荽梅是不生虫子的。而那些家养的花花草草总是喜欢生虫子，且需要专门的土壤，需按时按期浇水，还动不动枯萎死去。所以很多时候用尽心血见不到一朵花开，不由得泄气。但我时常见到芫荽梅在青海的每寸土地上都会开放，无论马路边、公园里、山岭上，往往都是成片成片的，尤其在新开发的"海湖"的土地上，无论哪里，都会有它们摇曳的身影，靓丽的花朵迎风招展，总会吸引人们的眼球。

突然发现，这个城市被大片的芫荽梅簇拥着。起初以为是芫荽梅掩映在这个城市里，实际上在这个城市的周边，在这个季节，这种开出三种颜色的花儿却簇拥着整个城市。

人们开始出去走走，走在街边看一朵花开的姿态。他们欣喜地发现城市里到处都是花朵，空气中暗香涌动，他们在花开的广场里跳锅庄、跳拉丁、跳广场舞。

我在想，母亲院子里的花儿都不是刻意去播种的。那些孕育着种子的花儿在晚秋时节将种子散落在泥土里，有些种子便裸露在风里、雪里。蛰伏一冬，在春天的时候从泥土中密密麻麻探出头来，极大一部分被间去，只留一少部分，那些留下来的也必然是精品。优胜劣汰，年复一年，那些开在别处的芫荽梅种子必然也是最优良的，这样，它们就在属于它们的土地上开出鲜艳的花儿，一茬接着一茬。

相见难忘，我一次次光临"海湖"腹地的"三色堇"，连续三年，那片高地上都种植了以芫荽梅为主的各种花儿，与周边的建筑物相映生辉，一群一群的花儿在恢弘的建筑物脚下歌唱跳舞。人们三三两两赶来，又三三两两离去。而我成了这里的常客，花儿生动的面庞在晨曦里、在落日余晖里、在风里、在雨里都会有不一样的生动表情。

你看那些枝干粗壮且向四面延伸枝叶的植物像极了戴着安全帽的农民工，他们身着简单衣服，脸上的胡楂发出青灰色，每日里进行着简单而枯燥的劳动；那些在风里摇曳歌唱的土菊像极了清早醒来并和太阳赛跑的清洁工；那枝有着淡紫色花儿的薄荷像极了那个眉眼带笑的女子，一颦一笑间尽是熨帖的清凉；而那些破土而出、茁壮成长的绿植恰是正要去上学的孩子吧？

晚秋的花儿开到荼蘼，那些曾三三两两走过这片土地的农民工开始返乡，天气越来越冷，身着橙色衣物的清洁工穿起厚重的衣服，小学生想念春天。

我将一只养在笼里的蝈蝈放到花丛边，那只蝈蝈头也不回地离开了，逃到花丛深处。和着风吹植物的声音，我似是听到了那只蝈蝈熟悉的叫喊声，周围的叫喊声也逐渐多起来。似乎是在为一场生命的告别而争鸣，又似是为迎接一场新的挑战而欢呼。听上去，这种声音不是撕心裂肺，而是婉约动听，似是各种乐曲的合奏。钢琴高亢激昂，像涨潮时的海水拍打着海岸；又时而委婉低沉，像年老的慈母呼唤着久别的孩子；小提琴千转百回，透着忧愁却无失雅致；古筝缠绵悲切，如桥下潺潺流水，如易安的婉婉叹息。

悠悠扬扬，这种此起彼伏的声音令人荡气回肠。琴声如诉，所有最好的时光，最初的模样，都缓缓流淌起来。似是懂得之后，每一个音符下，都埋藏一颗平静而柔韧的心灵。

四

家中阳台，黄瓜开花了。

清晨发现两朵一起开放的小黄花，赶忙拿了棉签给它授粉，之后又有三两朵黄花陆陆续续地参与进来，挤挤挨挨。两小枝藤蔓从侧枝节节处伸展开来，伸向天空。若是碰到竹竿等物便不管不顾地依附上去，疯狂攀爬，似是找到了支撑点。

默然挺立的竹竿宛如一个寡言的男子汉，由着藤蔓在它周围任性，一圈一圈将它包裹起来。

记得有一次去山西侯马的普济寺，看到庭院里两棵郁郁葱葱的树木已长到云端，枝头开满紫花，在风里摇曳。不知古树是何品种，便求教寺内大师。大师说那是两棵早已枯去的松柏，只是被紫藤给予了生命。

听到大师此言，便唏嘘不已。想起那些种在盆内的黄瓜和黄瓜旁边默然不语的竹竿，似乎听到一种言语：我愿是荒漠，只要我的爱人是青春的常春藤，在我荒凉的额头上，亲密地盘延……

看到黄瓜花开，我便独自守着窗儿，看阳光从玻璃窗投射进来，风挤进来，黄色的花朵开始枯萎，有一朵悄无声息地落下，又有一朵落下，那些相继开放的花朵次第落下，泥土之上都是它们枯败的模样，但举目上望，没看到一个黄瓜。

原来那些一朵朵开放又败落的黄花都是雄花，明显的阳盛阴衰。我曾以为，只要开花就会结果，因为很多时候开花结果是连起来使用的，无结果，不开花。可挂在藤蔓上的黄花底部连一个小黄瓜也看不到。

夜晚寂静，我又独自守着窗儿，风打窗棂，远处传来隐约的狗吠声。暮色低垂，那些黑暗之上的光亮，欢呼雀跃。似乎，那些明天就要掉落的花儿也是在拼尽全力地舞蹈，舞动裙裾，衣袖飘飘。

"啪！"我在黑夜里听到一朵花落的声音。寂静的夜里这响声如此清晰，就犹如小石子打在水面上，一圈圈延伸的波纹向四面荡漾开来。而后，响声便隐匿在空气里，听不到。

那朵掉落的花似是用尽了最后一丝力气，在黑夜里黯然谢幕。那些信手拈来的文字便写下它最后的模样：

> 我，只是你修长枝上，一朵小花
> 开在你波光怡荡的眼底
> 当你闭上眼睛
> 我也就谢了。

可在早上，当太阳穿过云层，阳光洒落在其中一棵矮胖的黄瓜苗上时，我看到在它的顶部仅有一颗小小的黄瓜顶着一朵还未开放的花，被阳光赐予了绚丽的光晕，它的周身包裹着细细的绒毛，宛如刚出生的婴儿，惹人爱怜。

家中阳台，西红柿也开花了。

有几朵淡黄色的小花在叶片中间次第开放，我依然忙不迭地人工授粉。西红柿青色的果实就在花落之后逐渐长大，我学着记忆中的模样将末梢最瘦小的果实摘下，放进泥土里。

西红柿结了果，而且还是六个。它长得很快，是所有种植的菜里长得最快的。它见光长，见风长，不见风也长。已经远远超越了旁边立着的竹竿，还在自顾自地疯长。

友人从一开始就关注我方寸菜园里的蔬菜，还说如果蔬菜有了收成就约更多的友人来吃一顿蔬菜沙拉。我说好。

但从目前的长势看来，我答应好的蔬菜沙拉极有可能会变成单纯的"西红柿"沙拉。吃到最后会不会被酸涩到不能忍？不知。但友人说，又有一个难题便是如何忍心吃这些来之不易的可爱的果实？我说要不就闭着眼睛吃好了。

我们甚至还为一个草莓的未来做了种种假设。说要不把草莓切成八瓣，一人一瓣，那得需要很好的刀工；要不把草莓做成草莓酱，蘸面包吃，估计还没成酱，容器的表面积已将草莓全部侵略；要不把草莓放到盘子里，大家盯着它看，闻一下味道就好了……

实际上，这些问题摆明了就是杞人忧天，室内的草莓苗在开完花之后就无端干枯了，我们再也用不着为一个草莓的归宿感到纠结。它属于它的田野，属于有风有雨的野外。我终究把它归还于泥土，归还给它自己。

可我一直在种植我的蔬菜，我也愿意给每一朵花儿起一个好听的名字，看红肥绿瘦，当一只虫子机敏地爬上窗台时，我又拿着铲子播下小油菜的种子……

不知道是谁赋予小油菜四月慢这么诗情画意的名字，我在泥土里播下它是因为我之前买的种子都用完了，只剩下它。或许应了它的名字，它好久都不曾发芽。每个早晨我都会寻寻觅觅，但依然冷冷清清。每过一个星期我都会去浇水，将泥土浇得通透，我始终相信它在属于它的慢世界里缓慢成长。

却在某一个早上被孩子的一声惊叹唤回：妈妈，你看，这是四叶草吗？据说看到四叶草很幸运，你看，我是有多幸运！

四月慢属于十字花科，刚探出头时宛如一棵小小的四叶草。

我本应该告诉孩子那是一种青菜，是我们平常炒着吃的小油菜。虽然，我一直都没见过四叶草，但它和四叶草相去甚远。若一个是达官贵族，另一个则可能是布衣。达官贵人难见，但布衣常见。

但我不能抹杀他眼里的希冀，我说是啊是啊，真的是四叶草，你看，我们是有多幸运。

孩子说，让爸爸和姐姐也来看，让我的小朋友也来看，这样大家都幸运了。我连忙接过他的喜悦，说好啊好啊。

清晨，缓缓洒落的水滴似是惊醒了四月慢的残梦，它缓慢地抬起头，睁开眼睛，似是意犹未尽，像极了孩子早晨挣扎着睁开眼睛时的慵懒表情。

屋外柳絮如飞雪，四月西宁的早晨依然有着彻骨的冷，乍暖还寒。我走过一段长长的路，看见春色乱生，路边的蒲公英有的开着黄花，有的已经成了白色的小伞。

家中阳台上的四月慢依然在缓慢地成长，根茎在泥土里安家，叶片向四面延伸，长出两片子叶，再长出两片子叶，伸出手触摸顶端的蔚蓝。

里奥是只狗

它初到我家时只有两个月，黑白相间，用好奇的眼神环顾周围的环境，轻轻抬起一只脚，想碰触眼前的陌生，但又轻轻放下。它低低地呜咽，又抬眼看站在它眼前那个热情的小主人，流露出些许迷茫。

妈妈，你看，小狗的眼神像极了梅西的，我们叫它里奥吧？

彼时，世界杯进行得如火如荼，梅西在场上左突右冲，却始终无法改变被淘汰的命运。他深邃又迷茫的眼神是世界杯上的一大风景，可他带着遗憾离开了俄罗斯。小主人也不再关注世界杯，他有了里奥。

里奥开始跟着他，时不时上前咬他的裤脚，他大声地喊：里奥，你要听话。可里奥全然不顾这些，它摇着尾巴趴在地上，又猛然冲到他的面前，将两只前爪搭在他的腿上，兴奋地上蹿下跳。他便向我求救：妈妈，你看里奥！

可里奥已然不是初到时的那只里奥，它毫无顾忌。它扭头看向我，又转过头看着小主人的窘相，它在期盼小主人给它一粒狗粮。

这家伙，一吃货，唯有食物让它感到愉悦。也时常将拖鞋啊、枕巾啊拖得满地都是。没有人能惩罚它的错误，偶尔大声的呵斥会吓它一跳，它就乖乖地躲在角落里安静得如一枚小女孩。

实际上它也是个小姑娘，很漂亮，看上去很高贵，亭亭玉立。只是熟悉了环境和它的主人后就日渐变成一枚女汉子，且大有将女汉子的行为愈演愈烈的趋势。我等已是无能为力。更甚者，饭后在院子里碰见一只它的同类，它就要不管不顾跟了去，气得我大喊"里奥"俩字，它也是装作听不见的样子。矜持碎了一地。而那些听见"里奥"俩字的人们都用疑惑的眼神望向我，他们不知道这只漂亮的小母狗为何会有这么不可思议的名字，他们想到更多的可能是"李敖"。我无力解释，而"里奥"的表现更是让人大跌眼镜，它觉得我是在喊一个和它无关的人或物，它只管撒着欢跑来跑去。而我又不能连续大声喊"里奥"俩字，我很担心更多的人用异样的眼光看我，我也不敢大发雷霆，否则，我的矜持也如它一般洒落一地。

但是，回到家的里奥很快就变了模样，它安静地端坐在角落里看着我眼里燃烧的火焰，它只管安静，连呜咽都没有。它兴许已经知道它一点点的躁动会换来一场暴风骤雨。我眼里燃烧的火焰在它柔情似水的注视中逐渐熄灭，然后蹲下来伸出手去触摸它的头顶。它伸出右手碰触我的右手，脚下的肉垫柔软如海绵，然后就听到它低低的呜咽声，似哭泣，似诉说。

它终于还是赢得了胜利，我完败。它似乎已窥视到我心底的柔软，在我走近它时摇头晃脑，从沙发底下找出一只紫色的球，放到厨房门口的脚垫上，冲着小球叫嚷，再回过头看我的表情，周而复始，直到从我手里讨走一粒狗粮。所以，但凡只要你看到它蹲在厨房门口长唤短叹，必然就是想吃饭了，因为它的狗粮就放在厨房里。但它不会私自去吃，往往都会用它的眼神杀死我，让我很是心甘情愿。

我也心甘情愿带它到院子里遛弯，我毫无顾忌地大喊"里奥"，它开始听我的话，不再跑来跑去，看见同类也只是试探地往前走走，然后很快转身，回到我身边。似乎，那些丢失的矜持又被它寻回来了，每次我坐在台阶上休息的时候它便蹲在不远处等我，我起身它便起身，我坐下它便蹲着。等我目不斜视往前走的时候它又要挡在我面前，提醒它的存在。

里奥时常在院子里兴奋地吃着草，似乎比它的小主人给它的狗粮还要好吃。吃一口，跳一下，又顺着草丛往下滑，两只爪子伸向前面，肚皮贴地的匍匐样子很是滑稽，但它乐此不疲，一次又一次从高处滑向低处，还时不时歪着头冲我喊叫两声，似是在讨要我的表扬。

我对它幼稚的做法嗤之以鼻，转头看向别处。估计它也甚觉无趣，便又安静了。它在离我不远处的地方仔细瞅着我的一举一动。我也逗它，故意做出起身的样子，它就先蹦起来。屡试不爽，到后来就失去兴趣了，但它注视着我的一举一动，做好了随时蹦起来的准备。

实际上，我已被它俘虏。我已是它的奴隶。

这些年，我一直在反对家里其他成员想养一只狗的意见。每提起，便被我义正词严地拒绝。是因为我曾经养过一只狗，但十年之后它离我而去，我难以承受分离之痛。我哭了很久，害怕有一日重蹈覆辙，第二次踏进同一条河流，不能够很好地原谅自己。

那只叫赛虎的狗是我童年的玩伴，父亲把它带到家的时候它只有两个多月，有着金色的毛发，有着干净的眼神。现在想想，它聪明不及里奥，但也乖巧。我用绳子拴着它，它就只看着我，不叫不闹，只露些许哀怨给我。我便解开绳子，它就将我跟来跟去。

我那时候很不喜欢赛虎叫唤，尤其在晚上。它的叫声时常让我睡不着觉，我很胆小，但凡听见赛虎的叫声我就将头埋进被子里，满头大汗，任母亲怎么叫唤都不愿意睁开眼睛。我不知道自己缘何那么胆小，无论在哪个场合，就是最不起眼的小不点。但赛虎不嫌弃我，它跟着我的时候就跟着我，绝不离开。我骂它的时候，它的表情和我表扬它时的表情反差不大。它似乎是我的保镖，我常常对那些欺负我的同学们说：你再打我，我就让我家的赛虎咬你。他们便哄堂大笑，我如一个被别人嘲笑的手足无措的傻孩子。然后，我越来越胆小。我如一只丑小鸭，整天诚惶诚恐。终于有一天不知什么原因被班里最大年龄的女孩子揍了一顿，她们开心地笑，我看到她们脸上狰狞的表情，她们威胁我若告诉家长就再打一次。我回家便向赛虎发火。

我记住了她们的话语，但也遵从了自己的内心。我决定不跟她说话，无论何时何地。从此，我的学习成绩超过了她们所有人。但有一日看到她在大街上卖菜，我还是买了很多菜。那时候赛虎已不在人世。

赛虎长到十岁的时候莫名失踪了，它如何挣脱绳子是个谜。当我拿着给它的饭菜来到它的窝边时发现赛虎不见了，我开始恐慌，开始哽咽，赛虎不见了，赛虎不见了啊！

赛虎不见了！这已是既定的事实，我很伤心，也很气愤。气愤一只被我家养了十年的狗说出走就出走，出走之前毫无征兆。它虽然老迈，但见到我的时候依然会从地上爬起来，摇着尾巴讨好我。

可是它不见了，我逐渐地适应没有它叫声的日子，可我依旧睡不安稳，觉得没有赛虎、没有声音的夜晚比以前更可怕，我将头埋进被子里，哭得泪流满面。

可在一个雨夜它又回来了，深夜，我和母亲都听到了它熟悉的叫声，都兴奋地从炕上坐起来，拉开灯面面相觑。我说我去开门，第一次勇敢到难以置信。

打开门，赛虎从门缝里钻进来，我听到它轻声的呜咽声。

"来，赛虎。"它跟着我进了房屋，水珠从它土黄色的毛发上急急地滑下。它似是非常疲惫，甚至有些站不稳。

"来，赛虎，吃馍馍。"母亲将馍馍掰成小瓣丢给它，它看看馍馍，又转过头看着我们。

"来，赛虎，吃馍馍。"我又说。它开始艰难地吞咽，可我明显感觉到它眼角的泪，和着吃馍馍时的喘息声落到地面上，一滴，一滴。或许是雨水经过它浑浊的眼睛流下来了，我宁愿相信是雨水。

吃了一小瓣馍馍的赛虎又停下来，然后又将嘴伸过去，再收回来，往复几次，又将一块馍馍叼进嘴里，可它的神情分明是在讨好我们，它听到了那句"来，赛虎，吃馍馍"的催促声。看得出，它对眼前的食物并不感兴趣。

赛虎死了，就在它回来的第二天早晨。它在庭院的角落里伸长了身子，直挺挺地躺着。任你再叫"赛虎"千百遍，它还是一动不动。没有人知道它消失的那些天发生了什么，早上看到它脖颈上一条深深的勒痕，似是生了蛆，几只苍蝇围着它飞了好久。

赛虎死了，"死"似乎是第一次出现在我的生命，就这么毫无声息地说了别离，没有选择，没有言语，甚至看到它的样子再也哭不出声音。似乎，它的归来只是为了奔赴死亡。

父亲默默地推着赛虎的身体去了远处河床裸露的河滩，那里有一条小溪，足以带走赛虎的灵魂。我没有跟着去。可父亲说他将赛虎掩埋了，埋在开满紫色小花的草皮底下，从此，我不再经过那一片有着紫色小花的草滩，只远远望一眼便匆忙走开。

我想我再也不会去养一只狗或一只猫。所以当女儿将一只小猫或小鸭、小鸡带回家时，我都很生气地把它们全部送走了。

家里所有的成员都认为我不喜欢小动物，他们终究妥协我的不近情理和不可理喻。

可是女儿结束高考之后的某一天"里奥"来了，它初来乍到的模样让我又想起了赛虎。但"里奥"是个女孩，它看我的第一眼我就被它的眼神杀死了。我默认了"里奥"这个名字，尽心尽力去做一个合格的铲屎官。

从陌生到熟悉，从淘气到乖巧不过十多日，它已是每个人的"宠物"，但我从来都没抱过它，我们中的任何一个人都没抱过它。估计它也习惯了"似宠非宠"的日子，从不讨要怀抱。

但它一直都未改变一个吃货的本性，我在想，如果让里奥变得"六亲不认"，估计食物便是首选。排在第二的可能就是那只紫色的球，如果这两者加起来，估计里奥就会战无不胜。

里奥蹦着跳着从我手里讨要食物，我将紫色的球掷到远处，它飞快地跑过去叼起球又飞快地跑回来，就在我的脚下卧地不起。我给它一粒狗粮，又将球掷到远处。里奥在烈日下一遍又一遍地重复它能得到食物的这一动作，我也被它的滑稽模样逗得前仰后合。

突然它就不行了，当我再一次把球扔出去时，它跑了两步就一个趔趄栽倒在地。它喉咙里发出咕咕的可怕的声音，我看到它看着我的眼睛里流出许多泪水。

"里奥，里奥！"它看着我，试图站起来。

"里奥，你怎么了？"它还是想站起来，但失败了，喉咙里"咕咕"的声音越来越大。

我抱起里奥就往宠物店跑，里奥的头耷拉在我的胳膊上，炎热的夏天我已是跑得满头大汗，我担心里奥的身子在我怀里失去温度。

宠物店的老板说狗粮卡到里奥的气管里了，若能出来就没事，若出不来就会死去。他说得轻描淡写。

里奥终究还是活过来了，活过来的里奥恢复了往昔活泼，可我面对它的时候日日愧疚，甚至变得小心翼翼。

"里奥，你慢点。"我跟在它身后的时候常常这样叮嘱它，它就会停下来等我。

可是没过几日，里奥又开始出状况了，它对面前的狗粮毫无兴趣，并开始嚎叫，宛如生病的孩子整日啼哭，而我们束手无策。它以肉眼可见的速度急剧地消瘦。

我再一次抱着它跑去了宠物店，宠物店的老板总是有办法，他说在他那里寄养一段时间，等好些再说。

我和里奥说再见，关在笼子里的里奥羸弱有加，它只抬头看了一眼，连尾巴都不摇一下。

宠物店的老板总是会有办法的，我这样想。

过一天我去看它，它和昨日没什么区别，看到我时眼中流露出的一丝惊喜稍纵即逝。

宠物店的老板会有办法的，回来的路上我泪流满面，但还是这样安慰自己。

可是我却接到了他的电话，说里奥死了。他说你可以过来看看它的尸体。他说得轻描淡写。

蹲在地上的我眼泪飞溅，它才三个月啊，一个幼小的生命就在眼前流逝，我如何去看它小小的身体横亘在笼子里？

我又一次踏进了那一条想象中一直存在的河流！我不能被原谅。

可是我不想让孩子们知道里奥死亡的消息。他们是简单的，也是认真地去爱里奥。他们眼里的里奥依然活蹦乱跳，它聪明如孩童，叼起一只拖鞋就跑，把前爪搭在小主人的腿上，眼睛专注地看着主人的面部表情，寻求一粒狗粮。

"你帮我把它埋了吧，如果，如果能找寻到一片开着紫花的草地更好。如果我的孩子们来找寻里奥，请您一定保守秘密。"我对宠物店的老板说。

连日不见里奥归来，女儿和儿子忍不住询问，问里奥究竟去了哪里。我说里奥被另一个主人带走了，他们家有着宽敞的别墅，院子里开满了花儿，紫色的花朵占了上风。

两位小主人说肯定是你不愿意养了，又送给别人了。

我说是的，就是这样的。

今日立秋，又到秋菊开放时。一场雨后，院子里的菊花开了满地。似乎，那些紫色的花瓣上面都有一个精灵在歌唱，歌声婉转动听。

午后又是大雨，我信步来到那片开满花儿的草地，大雨中的花朵比以往安静，紫色的鼠尾草占了上风，一棵白杨树立在长势良好的鼠尾草旁，一条黄色的哈达依附在枝上。

我蹲在地上仔细地找寻一只虫子爬过的痕迹，没有。找寻一只蝴蝶飞过的痕迹，也没有……

风吹彻

一

新年第一天,我乘坐一辆开往马海的绿皮火车,绿皮车内人声嘈杂,烟从关得不严实的门缝里挤进来,顺着过道弥漫,旅客中有看抖音的,有聊天的,有大声喧哗的,也有跑去抽烟的。

我在逼仄的空间里看一本书,书中有一个叫阿旺罗罗的男孩,有他的爷爷,有他的母亲以及一只威风又年幼的藏獒等。但烟味实在是太呛了,几乎影响到书中的内容。路过的列车员说让我忍一会儿,习惯了就好。

书中的故事过半,我停下来休息。听得两个孩童在过道里跑来跑去,他们将笑声传遍整个车厢。下铺两个大学生探讨恋爱中宗教差异的处理方法,女孩明确地告诉男孩如若宗教不同一开始就不会选择,因为生活中根本就无法处理因为信仰不同而遭遇的各种问题。有人打着游戏,一声声"fire fire"的声音似是要将火力开到最大化。有人欢愉,有人斥责,还有人吸溜吸溜吃着桶装的方便面,方便面的味道伙同烟味在车厢里蔓延……

当我和友人说起这些的时候,她回信息给我:你好呀,新年第一天就听到全世界的声音。

而我,听窗外车轮碰触铁轨发出"吭噔吭噔"的响声,似是回到了久远的年代。影片里,很多场景都和火车有着密不可分的关系,火车鸣笛,就看得见穿了裙子的女士和拎了包的男人急匆匆走过。或为爱情故,或为生活故。贾樟柯说他特别喜欢拍交通工具,尤其火车,喜欢听火车的汽笛声响起,或离开,或到达。

不知道马海在哪儿,换票的列车员说到大柴旦的时间是夜里两点,那么,马海肯定比大柴旦远。

而我的目的地是德令哈,和马海没有大的关系。

我在夜里的十一点到达德令哈,我的蒙古族朋友和她的先生来接站。德令哈依然冷,长风浩荡。他们带我去吃炕羊排和麦仁粥,说这里的炕羊排和麦仁粥很好吃,可以抵御寒冷。

元旦过后的夜里十二点喝到麦仁粥,天亮之后就是腊月初八,感觉很有仪式感。

早上的会议开得热火朝天,但我什么都听不懂。我是突然接到通知,说必须要参加一个会议。此时,公司里的人都出去团建了,我只有硬着头皮出发,如果听不懂便把所有听不懂的记下来,过些时候再讲给听得懂的人。

会议事项很多,每一项都很着急。屋子很热,每一个人都发出不同的声音,或附和,或反对。

他们转身问我有没有不懂的,我说没有。他们露出赞许的表情,清一色的男人堆里,我穿着黑色的衣服,看上去也像个男人。

他们商议下午的时候要去现场观摩,我说我不去了,估计去了也没什么用,他们露出不可思议的表情,说重点是你要去。我说好吧,我去。

戈壁一望无际，凛冽的风掠过面颊，不见飞鸟。我站在旷野，畅想石块和瓦砾之上绿油油的庄稼。

如若见不到实物，真的很难想象，比如风吹麦浪，比如布谷鸣叫，再比如那些堆积在地的金灿灿的粮食。在意念深处，所有场景，模糊不清。

在我眼前依然是戈壁，大片的盐碱地，寸草不生。空旷，寂静。

"这里是要种青稞吗？"我问旁边的陌生人。

"据说要种苜蓿。"陌生人简短地回答。

紫花苜蓿在家乡的山林里长势旺盛。退耕还林之后的山地里，随便撒下种子，几场雨后，它们便齐刷刷地冒出来。于是，我不停地想起《庆余年》里叶轻眉说过的那句话：其实，不用刻意去种，生命自己就会找到蓬勃之路。

这些紫花苜蓿大概找到了自己的蓬勃之路，一旦撒下种子，就会疯长，开出紫色的花朵，它们从地边蔓延到山林，再向更远处延伸。父亲用粗糙的手指掐下芽尖，用嘴吹吹，然后放到布袋里，半晌工夫采得半袋，家里没有牛羊，他要把辛苦掐来的苜蓿给他的孩子吃。

开水焯，凉水滤，装盘，放细碎的蒜苗，少许盐，炝胡麻油，清香满屋。

父亲说来年春天你再来，我们一起去掐那些长得细小的芽。

可是父亲在第二年的春天就走了，我梦见火光笼罩了漫山遍野的苜蓿，父亲低矮的身子随同烟雾回归山林。

再回到家乡，苜蓿疯长的茎叶覆盖了通往山地的小路，已经看不清哪里是路、哪里是坡。雉鸡飞起，野兔撒欢，蜜蜂和蝴蝶流连，只是村庄里的人越来越少，没有女子和后生站在山林里漫一曲花儿，山林也就少了许多生气。父亲的坟茔之上也有苜蓿在生长，开出朵朵紫色的小花。

而在离家千里外的海西以西,人们准备在长着石头和瓦砾的盐碱地里种植苜蓿。在将种子撒进泥土之前先要改造土地,平整地面,引流淡水。我又开始怀疑叶轻眉的话:其实,不用刻意去种,生命自己就会找到蓬勃之路。

如若,没有水,没有泥土,种子如何找到自己生命的蓬勃之路?我和友人说起我的疑惑。

"适者生存或许是最好的解释。"友人说。可我依然疑惑不止。甚至,我站在寸草不生的戈壁之上开始怀疑此前畅想过的此地绿油油的苜蓿和牛羊咀嚼苜蓿时发出的坚韧的声音。

回来途中依然看书,故事的结尾那个叫阿旺罗罗的男孩紧握央箭和宝镜,坚韧而纯真的表情令人动容,保护他的扎拉飞起来,哈达衣裳随风飘摆,跳出潇洒奔放的舞姿。

我将目光从书中收回来,望向远处。远处夜色浓稠,一层比一层深沉的黑暗蔓延。这是元旦之后的第二天,依然有很多人在路上和黑夜一起行进。

此时,也唯有车轮碰触铁轨发出的"吭噔吭噔"声,公式一般枯燥。于是,难免生出叹息。

打开另一本书,书里文字温暖,如陈年普洱般醇香。

对面的男士喝一杯啤酒,电话一个接着一个打进来。他忙碌不已。

他又要小罐的啤酒,乘务员说没有了,只有二两的小二黑。他说那就算了吧。过一会儿又改变主意,说你还是给我拿一个吧,二两不是很多。喝完之后大概还是不过瘾,又要一个,乘务员说小二黑也没有了。

没有酒喝的他便和我搭讪。我很难装作没听见。

他问我看的什么书,我讲梗概给他听。他说他看过此书,并罗列文中重点。

他说他去西宁参加一个会议，第二天再乘下午四点的火车赶回去。他说这节车厢里很多人都是去参加会议的，然后再赶火车上来，他说他往返此路，已经有十多年了。

我相信他说的话，我也是在夜色里坐着火车去开会，一晚之后又乘坐火车返回来，虽然是在车上，但依然感到疲惫。十年，是一个漫长的时间。

他说海西工业产值占整个青海省工业产值的百分之五十三，而让百分之五十三这个数字生动起来的是人，是每一个在戈壁之上行走和劳作的人，他们才是重点。他说得动情而诚挚，每一个数字都用一定的佐证来证明他并非夸夸其谈。我想他大概是因为喝了酒，或者也不是。

他说，在海西这个地方需要适当喝一点点酒，但他第一次没有说明为什么。

他说海西的人就和那些在石头和瓦砾之间生长起来的骆驼刺和芨芨草一样，坚韧而倔强。他们一步一步行走在风沙弥漫的戈壁，雪一更，风一更，于是便有了芒崖、冷湖、察尔汗、柴达木这么美好的名字。

我便说出我对苜蓿的困惑，我说那里都是盐碱地，如何能成为高标准农田，如何能长出绿油油的紫花苜蓿。

"你看到的盐碱地，大水漫灌后，那些盐碱会沉淀下去，几年后说不准就是良田一块。"他滔滔不绝，用专业的语言解释。他的专业语言因为专业，所以在我看来有些枯燥，和辽阔的戈壁比起来又显得悲怆而生涩。

"你看到的不一定是真相，而你看不到的，也不一定是假象。"

我无言以对。又有几个电话打进来，他有条不紊地做着部署。他说他的手机里有海子的诗歌，之前是喜欢的，但到后来不怎么喜欢，你看近几年的德令哈发展迅速，哪里还有雨水中荒凉的城的样子。当然，在周边依然还有石头，还有沙漠，还有戈壁，但是再一想，如果没有沙漠，没有荒凉，我们又怎么会有石油，怎么会有丰富的青盐。

车辆到站，人们纷纷收拾行李，对面的陌生人站在过道里，他身旁的很多人都用尊敬的称呼和他打招呼，让他先走。

他站在站台上等我，伸出手，说谢谢我。我说谢谢您。

夜色浓稠，西宁的夜晚已变得安静，我走出车站，和陌生人道别，向左走，向右走。

风带着寒意吹过来，似乎感觉到属于我的扎拉在我右肩飞起来，哈达衣裳随风飘摆。我想我需要一个坚挺的背影，让属于我的扎拉少些顾虑。我想每一个坚韧而善良的灵魂都会有一个属于他们的扎拉。

我给友人发信息：我好呀，新年第一天就好像是从全世界路过，然后听到全世界的声音。

二

青海冬天的凌晨五点夜色黏稠，有浓得化不开的黑暗和睡意。我起床，站在窗前看天，然后出发，向西而行。

路上鲜见车辆，有几辆拉着货物的重型卡车哼哧哼哧地吐着白烟前行，被我们超越，前方又出现货车，再超越。

头顶星星闪烁，如天空的眼睛。那些在城市深处隐去的星星聚集在原野之上，如小小的萤火虫发出光亮，个个欢呼雀跃。我无端猜想，会不会在遥远的星球有一双温润的眼正盯着我看，她亦看到我眼里的欣喜。四目相对，熟识已久。后面友人说那时天空的星星像极了银色的小雀斑，一粒粒镶嵌在深色幕布般的辽阔天阔中，我觉得也很贴切。

窗外的颜色一点点变得浅淡，天空有隐约的亮白色。草原空旷，视野所及处有无数盏红色醒目的灯火时亮时灭。地图定位的地方名叫加什大冬窝，属海南州。友人说"加什大"在藏语里是红柳的意思。想必夏天此地的红柳繁盛，长满绿色的叶子，而在冬天，枝叶又悉数落尽。

冬天萧瑟，青海西部的冬天更是如此。越是往西就越是萧瑟。窗外风声四起，隔着窗户似乎就能听到风吹旷野"砰砰砰"的声音。那些时亮时灭的红色灯火离自己越来越近，如长焦的镜头逐渐从远处拉向近旁。黑暗中看不清楚这漫山遍野的红色灯火究竟以什么作为载体，只是觉得壮阔。便不断望向窗外，嘱咐师傅将车开慢点。

再行，头顶星星隐匿，窗外空间不透明，充填着雾、岚、烟气、稀薄的气体。看不到远山，天空中微蓝。但我终于看清楚那一大片闪耀着的红色灯火正是来自矗立在原野上的风力发电机的顶端。它们用间隔相等的时间亮了又熄，再亮再灭。

我忍不住下车，我要去欣赏这些漫山遍野闪耀着的星光。

四周风声呼啸，震耳欲聋，哨子一样尖厉。风力劲道，似是要将人吹到几米开外。气温低得匪夷所思，呼出的白气在睫毛上冰冻成霜。可我爱这辽阔草原，爱这冬日草原的空旷与不羁，喜欢这草原上怒吼的风声，还喜欢草原上屹立的风力发电机带给我的震撼。它们极力地将触角升至四野，触摸风，被风触摸。它们跟着风的力量一圈一圈地转动，然后变成电，被输送至远方。

远眺，看不到边的红色灯火裹挟着强劲的风在原野里蔓延，一直延伸到山的另一侧。我处在原野中央，那些星光将我包围，我是群星中唯一一颗不会发光的小小的星，但它们在我眼眸深处投下光亮，闪烁、跳跃、无拘无束。我恍若置身在遥远的外太空，和无数颗星星一起流浪。我们前赴后继，在黎明前的夜色里将流浪当成狂欢。

近旁的草木在风里左右摇摆，看上去满是倔强又任性的样子。似乎正在拼尽全力阐释"疾风知劲草"的意思。旷野上的风似是要吹彻这辽阔无边的草原，在某处碰触到障碍物后又去向别处。

青海西部的风一直很有名，无论春夏还是秋冬。它们在原野里横行，将小颗粒的石子吹到别处，将大块的石头吹没棱角，它们推动沙丘，将许多顶帽子吹跑。它们不分白天黑夜，只管"呼呼呼"地叫嚣，似一头愤怒又有力的小兽，要挣断捆绑它的绳子，撒开腿奔跑。

小时记忆里的西北风一刮就是十多天，呼呼作响，用力撞击着木门。村庄里犬吠声此起彼伏，似有庞然大物入侵。风从木格的窗户缝里毫无忌惮地闯进来，窗户纸"啪啪啪"地响到天亮。天空比往日蔚蓝，远处的山如水洗过般鲜亮。

"又是一个风天。"父亲总是说。

远处山上的风裹挟树叶和草枝向近处移动，形成小小的龙卷风。龙卷风卷起纸片在操场上逗留，有胆大的男孩脱下鞋子追着打龙卷风，说那是邪恶之风，里面有鬼魅和巨大的力量。这一波龙卷风走了，下一波龙卷风又来了，不知那个男生要花多大的力气去征服那些作怪的鬼魅。我们便在身后大声地喊，为他助威，但龙卷风没有就地消散，它在操场转个圈留下轻蔑的身影就浩浩荡荡赶往别处去了。

如今很久不见龙卷风，城市多了高大的建筑物，风少了声音，除去寒冷，有时也少了力度。但西部原野的风应该是它原来的模样，只因这里没有遮挡，可以有自己的原形，可以有不羁的模样，如野马般由着自己的性子。

直到有一天人们用重型卡车拉来白色的巨型叶片，将它们套装在一起，它们如士兵般屹立在高原腹地。如风车一般转动，不分昼夜。它们尽力地将自己的触角无限延长，触及风，随着风跑。

戈壁空空，除去低矮的蒿草，除去风，除去这些转动的风车。当然，我也可以忽略不计，将我当成草木中的一员更好。我站在风里感受彻头彻尾的寒冷，听哨子般尖厉的声音。浩荡的长风吹打着散布在满戈壁的石头，它们坚韧而硬气，在砾石和长得低矮的小灌木之间穿梭，倔强地往一个方向蔓延，似是要吹到遥远的天边。前几天的积雪被它们吹起来，形成小山坡。被风吹起的细雪游走在空气里，如弥漫的浓雾，看不清路线。

行走，依然向西。逆行的拖拉机冒着白烟，拉着几头牛羊，发出快要破掉的声音。司机头裹着围巾，露出眼睛。一条没有封冻的小溪流过河床裸露的河滩，四五条小溪流过河床裸露的河滩。一只羊踩着枯草和薄薄的雪赶来喝水，两三只羊一起喝水，一群羊都过来喝水。雪在阳光里波光粼粼。松散落在田野的雪如女人面部抹得不均匀的粉底，透过粉底可看得见山的肤色：黝黑，冷峻。觅食的鸟雀飞来，一头撞在玻璃上，吓人一大跳。

先生在很多年前告诉我一些事情，说每次他去海北热水等地，总会有鸟雀飞来撞在玻璃上，那些鸟雀不管不顾地横冲直撞，生命在一瞬间损毁，哪怕将车开得再慢也是无济于事。

"看上去它们要比生活在城市里的鸟雀笨拙些，它们不会躲避这些高速行驶的庞然大物，也许过几年，见惯了死亡，它们会变得聪明。"先生还说。

但过去那么多年，这次依然无法幸免于难。看上去并不如我们曾经期许的那般美好。

先生在说完那句话后沉默，我在心里波澜不惊，生不出些许涟漪。而在目睹这些幼小的生命突然被行驶的玻璃带走而瞬间殒命时，又想起他说过的话。一个人的一句话经历了那么多年月，突然想起来依然给人以强烈的抨击感,那些复杂的情绪蔓延,无以言表。或许在前一秒钟它在宽阔的马路中央捡到一粒被大卡车遗漏的冰冻的粮食,格外兴奋,要急匆匆地赶回巢穴,而在后一秒又被路过的和它毫无关系的大块头带走生命。任它千百次地想,怕也是想不明白。

不知道鸟雀的世界里有没有"世事无常"这个词,若有,也应该和草原上的鹞子和雄鹰等扯上关系,而非汽车。看着它碰撞后留在玻璃上的印子,内心隐约生出疼痛来,下车查看,它小小的身体已被强劲的风吹走,羽毛散乱游弋,似是要被风带到天上去。想起一句不怎么应景的诗歌:天空没有留下翅膀的痕迹,但我已经飞过。

向西,旁边并行的皮卡车车厢里满载货物,妇女和孩子亦坐在车厢里,他们将自己包裹得严实,蜷曲着身体。司机铆足劲儿往前赶。一定非常冷,但他们一定不会接受我的邀请,他们一如那些风里的小灌木,倔强而勇敢。果然,司机师傅将车停下来时,他们已在远处。

左边的旷野里突然地冒出一片水域,大面积的深蓝色与这荒凉的戈壁形成反差,如镜面般平静的湖面闪耀着奇异光芒,再往前,湖面大面积结冰,部分封冻。有鸟雀在湖面上空滑翔,鸣啭出婉转动听的悦音,不是天鹅,天鹅在可鲁克湖,在每个冬日的早晨,当火红的朝阳升起时,它们在可鲁克湖引吭高歌,拍打着美丽的翅膀,尽显优雅姿态。

一棵落尽枝叶的树在离水域不远的地方沐浴阳光,回看左右,原野上只有这一棵树。另类,突兀,深扎泥土。司机师傅说这里是尕海。但这个叫尕海的海看起来不是很小,在冬日阳光下,在干涸的青海西部,与大海比荡漾,显得更胜一筹。

友人曾说在他小时候,夏天下完雨之后就会去尕海附近的一棵树下挖锁阳,想必他说的就是这棵树。他说那时候欢乐多,锁阳长得结实,会换到一些纸币,纸币可买到一些糖果。无独有偶,多年以后他成了医学博士，说锁阳含花色甙、三萜皂甙、胡萝卜甙、熊果酸，其次含钾、钠、铁、锰、锌等十五种元素，含有膳食纤维，亦含有门冬氨酸、脯氨酸等十五种氨基酸……

"没有一种锁阳比得上尕海树底下的锁阳。"末了，他会加一句。除了有无法避免的家乡情结在里面，我相信他说的是真的。在冬天高寒、夏天高旱酷热的地方，蛰伏一季的锁阳如劫后重生，在雨水里齐刷刷地亮相，除了顶端有婴孩般粉嫩的肤色，大部分的根茎都被埋在沙粒深处，被一群准备换糖吃的孩子小心翼翼地挖出来。孩子们有锁阳般的肤色，褐色，皲裂，但健康。

我在午时赶到德令哈，在为数不多的几次德令哈之旅中，这个城市给我的印象就是干净、整洁、风大、人少地广。海子说"这是雨水中一座荒凉的城"，如果没有雨水和雪，这是一座阳光的城，强烈的阳光从蔚蓝深处倾泻而下。市区有高大的树和一条穿城而过的河流，河水冷清，不如夏天时奔涌向前。我和一些熟悉和陌生的人见面，谈一些事，低眉顺眼，然后说再见。

我步行出城，向西，在宽阔马路上信步。我看到落尽枝叶的高大青杨和掩映在青杨之下的村舍，我看到青杨顶端用枯枝败草搭建的喜鹊窝和村舍之上漫不经心的炊烟，青色的烟雾被风吹得满天空跑。

我走到很远的地方再踩着积雪返回来，听"咯吱咯吱"的声音，一次一次做无意义的动作。一直觉得，自卑、敏感、忧伤和怯懦很久以前就长进我的骨头，并未随着时间的壮大而逐渐地离开。或者说，已在原来的根基上发出新的芽苗来，在世俗里，越来越强大。遇到挫折后，这种感觉越加强烈。而在风里，在空旷的田野里，在不断的行走中，它们会被稀释，浓度越来越低。

风在迎面，太阳在身后，前方影子越来越长，直到淹没在夜色里。

华灯初上,这个城市又开始热闹起来,往回走,突然从地面冒出许多人来,他们裹着大衣,戴着帽子,捂着口罩,像行走的火炉。我夹在他们的队伍里急匆匆向前。

电话铃响起,那个认识不久的人邀请我去吃暖锅。听到"暖锅"两字,便在这个有着大风的城市里生出暖意来。我没有拒绝。来吃"暖锅"的人很多,还有人要了啤酒。喝了酒的人们轻声浅唱,马头琴"咿咿呀呀"的声音回荡在有些逼仄的空间里,光线不明亮,蒙古长调高亢悠扬的旋律用一种只可意会的音调在光线不明亮的屋子里反复轮回,有人脱下厚重的衣服开始跳舞,跳得忘情而疲惫。旁边的人将大块的羊肉捞到我的碗里,给我斟满酒。浅酌,泪光盈盈。

站在高处,又看到巴音河。除去海子的诗歌,巴音河已成为这个城市的代名词,霓虹点缀,巴音河亦如往日般绚丽。河面时绿时蓝,远处的摩天轮依然醒目。戈壁风声如歌,戈壁夜色撩人,夜色下的德令哈如烟花般绽放,璀璨无比。

一直觉得我是这个城市的路人甲,睡醒之后又要继续赶路。每次来回都是匆忙,来不及观看风景。此时,冬天,在万物萧瑟的季节,和邀请吃暖锅的人们挥手告别后,我站在高处俯瞰,看马路上车来车往,看灯火辉煌,看一个个在暗夜里行走的小火炉,心中无限感慨。夏季、秋季、冬季的德令哈都有着不同于往日的安静和繁华,这个城市年轻而活力四射,狂野的风在城市里游走,咆哮,徘徊,找一个出处⋯⋯

梦里穿着夜行衣飞檐走壁,悬在空中胆战心惊,情急之下从一根电线跳到另一根电线,像一只折翼的鸟。极度渴望剧情能够反转,希望自己身手敏捷,宛如蒙面的武林高手,大碗喝酒,大口吃肉,一声暴喝后打抱不平。醒来,感觉匪夷所思,想笑。

晨起,看到曙光从东边升起来,染亮半边天,延伸到云,云彩瑰丽。远山洁净，被水洗过般鲜亮，楼下汽车鸣着喇叭，人们裹着厚重的衣服开始走动。或周而复始，或不同于往日，这个城市又开始忙碌。

我和一些人说再见。太阳升起来时，我已在返回途中。我经过那片空旷的原野，在回来的路上又看到一望无际在风里转动着的风力发电机，它们在原野里用明快的线条画出优美的弧度，迅速地闪退。我学着风的模样，将一株一株的风车用目光送向远方，再接再送。

恰逢日偏食，但只看一眼就被刺眼的阳光击退。冬天的原野依然还有成群的牛羊，蒿草长得茂盛的地方应该是牧民的冬窝子，两座小山之间有一两间若隐若现的房舍，行走的牛羊时时将车辆堵在路上。偶然出现的一两棵树悉数脱尽叶片，将虬曲苍劲的枝条裸露在风里，伸向空中。

我站在河水驶过的原野，看流云向西，如羽毛般游走，即便遇到日食，阳光依然明媚得史无前例。

三

我在深夜十二点到达这座意为"金色的世界"却缺少雨水的城市。深秋的风从四面八方拥堵，密集在身体周围，近处和远处的霓虹发出微弱的光芒。出租车司机催促声起：快上，快上，此处不让停车。我被熙攘的人群裹挟，哨子一样响亮的风催促自己裹紧上衣。

深夜十二点，巴音河已安静，两边灯光早已歇息，远处摩天轮在漆黑的夜里失去光芒。这和五月十点的景截然不同，那时候我为了一场排球赛从远处赶来，和一群志同道合的人打闹嬉笑，空气中弥漫着花朵的清香味，柳色青青……音乐声起，巴音河的霓虹一浪高过一浪。很多年前，我读海子一首关于德令哈的诗，他说"姐姐，我今夜只有戈壁 草

原尽头我两手空空　悲痛时握不住一颗泪滴"。当"戈壁"和"两手空空"以及"泪滴"有了关系时，便生出许多的悲壮来。

　　这或许和心境有了关系。我在想，如若当时的海子在途经德令哈时，他旁边有佳人相伴，如若心情愉快，没准写出来的诗歌就是阳光的、积极的，或者是用来歌颂的，没准也会将石头看成金子。就像深夜十二点闯入这座城市的我，看着周围陌生的面孔，在黑暗和冷风里无法生出半点因打破常规生活而应该有的喜悦。好在，旁边还有美兰。

　　一层比一层深沉的黑暗由近及远，远处的广告牌下有一个人影。我想，他并不是坏人，不是我们想象中的魑魅魍魉之一，他只是一个行人，在街头停留。或者，在等一个人，会合，然后匆匆离开。也或者在隐秘地行善和主持公道，但他看上去像是在做一件违法的事情一样。

　　对那个人影，我只是猜想，就像我猜想天亮之后会是什么天气。我希望会是一个晴天，有大的太阳和柔和的风。

　　清晨出门，德令哈的天空有大的太阳，但风却粗粝响亮。我们乘车，目标是一条名叫巴勒更的河流。巴勒更也应该是蒙古语，但我问及别人，他们也不知"巴勒更"为何意。后来度娘说"巴勒"是"和好"的意思，所以我情愿相信度娘是正确的。

　　确切地说，巴勒更并不是一条河的名字，它应该是几条或大或小的河流连接起来的流域。只因近期河水泛滥，水土流失严重，需要流域治理。而我，本来是"巴勒更"的路人甲，却要在某个特定的时间段需要去一趟那里。而在去"巴勒更"之前还要参加一次会议，就在怀头他拉的镇政府里。

　　怀头他拉距德令哈有五十公里的车程，出了城沿途可见直立的青杨，杨树叶子已泛黄，甚至还有的整片都是红色，这在满眼尽是沙丘、石粒的戈壁上给人以强烈的视觉冲击。

正前方是强烈的阳光，光线从蔚蓝深处的天空一丝不苟落下来，青杨或黄色或红色的叶片泛着亮光，呼啦啦被风吹过，就像是无数个天使合唱，舞蹈，迅速地闪退，又有无数个天使出现在眼底，合唱，舞蹈。

友人说此处树木不易成活，这些活着的树木应是花了很大代价才得以保留。于是，忍不住扭头多看几眼那些在风里吟唱的杨树。再行驶，就有越来越多的石头显现在眼前，看到一望无垠的戈壁，看到生长在戈壁滩上一簇簇坚硬的红色骆驼刺。打开车窗，听到风声呼啸，似是裹挟着小颗粒的石子，又像是飞快驶过的箭镞发出的声音，恍如千军万马就在身旁。

一小时之后，又见树木、人家，看到两旁的树木在风里萧萧不已。除此，还有一条新修的柏油路，那是一条通往怀头他拉的小径。

被杂乱无章的会议困守一个多小时之后，我还是成功从人声鼎沸的热闹场逃离，和美兰一起在怀头他拉狭窄的巷道里随意地穿行。

怀头他拉是蒙古语，翻译过来便是能长庄稼的地方。所以，"怀头他拉"比起形容石头、戈壁、骆驼刺所用的强硬、苍凉、一望无垠等词语要美好一些，也更显柔软。此时的怀头他拉没有电，巷道两旁的餐厅门口摆放着发电机，发电机发出轰鸣声，一只狗跑过来盯着发电机看，抬起后腿撒了一泡尿，转一圈，又返回来抬起腿撒尿，我和美兰大笑，并感叹它对待陌生事物的行为专一性。

怀头他拉的巷道里有戴着老花镜的老人在晒太阳，他们拄着拐杖坐在小木椅上看行进的陌生面孔，有小孩在跑，也有大人跑过去抓住她肉嘟嘟的胳膊。巷道两旁的树木高大，树叶已呈金黄色，随着风扑扑簌簌往下掉，又顺着风的力量卷向近旁的角落。

左支的巷道更显狭小，旁边是简朴的院落，对开的木门上，镶着盘花铁扣，铁扣上有锁。院里一棵大梨树，将粗壮的枝丫伸向空中，枝上缀满了果子，黄灿灿的，发出诱人的光泽。

"你看，有果子！"身旁的美兰发出惊呼声。高分贝的音量彰显出她看见果子时的惊喜。

"想不到这个地方也有果子，很想尝尝是什么味道，说不定很好吃呢！"美兰毫不掩饰她的想法。

"好想吃啊！"这恰恰也是我的想法。

我俩用眼光丈量墙的高度。在小时候，我也曾经偷摘过别人家的果子，面前的墙实在不算太高，我定然能翻过去。但在这个陌生的地方，我还是逼迫自己放弃不良想法。

转身向前，正对的巷道尽头是一扇敞开的铁门，铁门高大、霸气。上面镶满铆钉，在阳光下发出锃亮的光。美兰叩响铁环，期望有人来问询。但久叩之后，依然无人应答。我们便试探地往里走，很害怕有一只狗跑出来堵住去路。

院子里的秋花开得风生水起，荒菱梅、大丽花、一品红等，一簇簇甚是鲜亮。院子中央也有一棵梨树，枝丫上缀满了果子。许是这棵梨树让我们的胆子大起来，便大声地叫喊："屋里有人吗？"七八声过去依然见不到人影。我们站在院落中间感受一种前所未有的尴尬，进退不是。

正在犹豫要不要低头出门去，只听屋内有人高喊："快来屋里坐啊！"

是一个老妇人的声音，话音未落，她已出现在我们的视野里，头上裹着头巾，花白的头发不安分地从头巾中钻出来，裸露在风里。她满脸堆笑，额头的皱纹深似秋日菊花。

她依然笑，邀请我们进屋，她毫无防备，如同和我们熟识许久。我们看着院子中央的梨树，欲言又止。

"你们是不是不愿意进屋坐，那就坐在太阳底下吧，我去拿凳子。"她的汉语说得磕磕绊绊，她许是有不太严重的关节炎疾病，有些跛脚。

她拿了小木椅和茶水杯,她将馨香的奶茶倒进干净的白瓷杯里,说喝啊,喝啊。

陌生人,您缘何这么热情,您对每一个无端造访的人都会这么热情吗?

"阿姨,您是蒙古族吗?"

"噢呀,我是蒙古族,我们一家都是蒙古族,我的尕娃和他的媳妇都去了夏窝子,家里只有我一个人,喝呀,喝奶茶呀,香得很!"

奶茶果然很香,香味馥郁扑鼻,和城里用盒装奶子煮出来的奶茶截然不同。

"一个夏天,几乎都是我一个人,我的尕娃有时候也会来,给我送东西来。他们很快就会把羊群赶到冬窝子,等他们到了冬窝子,回家的时间就会多一些。你们在路上有没有看到迁徙的羊群,说不定我的尕娃正在路上走着呢。"

我们在路上看到了一群一群的羊群,看到骆驼驮着褡裢,但确实不知道那是准备迁徙的牧人,他们在一望无际的原野中缓慢地行走。渴了喝口水,饿了吃口干粮。

感觉老妇人许久都未曾说话了,她滔滔不绝,我们似是她的亲人,她要把满腔的话儿都说给我们听。我们一边喝着奶茶,一边听她讲,她也不问我们是做什么的,怎么就闯到她们家了,她只管说她想说的话,再把面前的茶杯添满。

我的眼光不自觉地落在眼前的梨树上,梨子的颜色真好看,黄灿灿的,似是已熟透。

"阿姨,你们这个梨子卖吗?"我还是忍不住问。

"不卖,这个梨子没人要吧?"

"这么好看,怎么会没人要呢?我买一些可以吗?"

"不卖，这个果子酸得很，真的。如果你想吃，你就吃，不卖！"

我和美兰站在树底下挑最好看的果子，摘下来用手擦一下便放进嘴里，大咬一口。

酸！涩！不能忍。有沙棘的味道，无法下咽。

"我说了酸得很，你有些不相信吧？"旁边的老妇人笑着说。

梨子的形状和颜色看上去都像极了长在青海东部的香水梨，香水梨香甜可口又绵软，但眼前叫不上名的梨树结出的梨子味道只有酸涩，是名副其实的酸梨。

"现在酸，到了冬天就不酸了。"老妇人看着我难过的表情带着歉意说。

"到冬天的时候就变黑了，放到炉火上炖，再放点酥油，润肺，还可以止咳嗽。"

"要不你摘上些，拿回去放到冬天，再吃嘛，就不酸。"

这是她的原话，我原封不动地放在这里。真的，我很感动。我无端闯入一个陌生的环境，却被一个素昧平生的陌生人打动，被她热情的举动和言语感动。她相信我是一个好人，我们是彼此的陌生人，却在阳光下变得熟悉。

"我们这里挺好的，有羊，有骆驼，还有马，可以换成钱，然后盖房子。我的尕娃不让我受苦。"

"但是他们忙，没有时间来这里，你们来我很高兴，你冬天的时候再来，说不定能见到我的尕娃和媳妇，他们很友好。"

冬天时候的风应该比秋天的风还凛冽，可是有什么关系呢？她的奶茶是暖的，她的言语是暖的，到了冬天，梨子也变好吃了。

我相信她说的所有话，我说好。

甚至，不用等到冬天，就在当下，如果我有闲暇时间可以挥霍，我情愿在她长着酸涩梨子的院落里住几天,每天自然醒,看穿过玻璃窗的明亮光线;听风吹彻戈壁发出欢快的鸣叫声;看一只狗将尿撒在院墙角落里;听黛青塔娜唱那首《寂静的天空》:

  日升月落 生生不息的世界 永恒的远方 你的轮廓在夕阳中融化 找到了一种幸福足以悲伤

当一切归还于寂静,我别无渴求。

但我不能,我记得此次来这里的目的,即便没什么用,还是要去我必须要去的地方。

"你要是看见迁徙的羊群,有着蓝色记号的是我们家的羊,你告诉他我在想着他们。记住啊,我的尕娃叫布日固德。"

告别,再向西,荒无人烟。那些坚硬而又荒凉的词语再一次扑面而来。手机信号消失,眼前的世界巨大而陌生,大雪染白了远处的山岭,绵延到看不见的远方。仰头四十五度,被风洗过的天渗透出鲜亮的蓝,甚至,看见这种蓝的时候忍不住想流泪。风声依然,骆驼刺倾斜着身子,与风对抗。

视野里看不到一辆车,也见不到行人,四野八荒内皆是低矮的植物在风里嘶鸣,发出千军万马杀伐一般的声音。

远处有羊群缓慢行走,但是没有蓝色的记号。

我从失望中回头,再将眼光投向远方,希望对面来的汉子或女子有着乌黑蓬松的发,他们赶着蓝色的羊群,有三两只牧羊犬跑去来回。我可以停下车问他是不是叫布日固德。

没有,只是想象。

荒原一望无际,车在狭窄的起伏路上颠簸行驶,旁边的友人提醒司机尽量不要碾轧草皮。我依然找寻在路上行走的羊群。

夕阳西下，车子到达了巴勒更附近，那是一条不堪重负的虚弱的河吗？看上去千疮百孔，河床裸露，没有流水。

机械轰鸣，尘土飞扬，雪山近在眼前。我站在河岸之上，看夕阳下群山发出耀眼的银色。我在想那些迁徙的羊群究竟要吃什么，这满地鲜红的骆驼草是它们的食物吗？

对岸是几顶简易的帐篷，几只狗在帐篷前吐着舌头，令人望而却步。一只有着红色毛发的小狐在视线里逃走，一只蜥蜴快速地逃窜。我不是入侵者，那些轰鸣的机械也不想破坏它们的生存环境。但凡修建，本意是为了更好、更强、更便捷。但在修建的过程中不可避免地会惊扰到这里的生物，它们用惊恐的眼神打量这些没经它们允许而擅自闯入的人类。但也只能是逃离到相对安全的地方。一只蚂蚱声嘶力竭地喊叫，似是要在一场雪落下之前用尽所有蓄积的精力，几只嘎啦鸡排着队从不远处不慌不忙地走过，看不出它们的惊慌失措，或许是它们已经适应了这几日机械的轰鸣声。

我是陌生人，我是巴勒更的路人甲。我不懂河流的语言，我也不懂动物的表情，我只是觉得它们可爱，并试图用手机拍下它们可爱的样子，但它们在布满荆棘和小灌木的戈壁滩上是高手，瞬间逃离得无影无踪，大概在离开一段距离后，开始嘲笑我的愚笨。

我朝着它们逃窜的方向望过去。看到一群缓慢行走的羊群，牧人骑着马，赶着骆驼。那几只吐着舌头的狗如离弦的箭一样冲出去，大声地喊叫。

我担忧牧人会从马上跌落，担心羊群会受到惊吓，担心骆驼往相反的方向跑去。可是并没有，羊群依然缓慢地行走，那几只狗停在离羊群较远的地方，仰着头无关紧要地叫唤一两声，从当初的气势汹汹变得乖巧温顺，似乎跑过去只是为了和羊群打个照面。果然，羊群离开一段距离后，它们又顺着原路跑回来。

　　机械依然轰鸣，我想象中忧伤的蒙古长调在草原尽头被石头占有。刚刚走过的牧人会不会和布日固德有着亲戚关系，他会不会唱一首叫《长调》的蒙古歌曲？那个叫呼斯楞的歌手在马头琴悠扬深情的伴奏下将一首《长调》唱得催人泪下：

　　　　辽远的天空下　草儿正在枯黄
　　　　炊烟　升起在　日落的地方
　　　　回家的人　身后　跟着牛羊
　　　　渐起的西风里　我的泪开始流淌
　　　　谁　唱起了长调　像母亲一样安详
　　　　雄鹰　展开了翅膀　在天边自由飞翔
　　　　谁　唱起了长调　像岁月一样悠长

　　我在度娘上又一次查询布日固德的意思，度娘说布日固德翻译成汉语就是雄鹰。似乎，这首深情的歌是专门写给布日固德的，而在这片一望无垠的草原上每天会有多少个布日固德走过，又有多少个母亲在想着他们。

　　告别机械声，又一次在黑暗中行进，车灯照在不远处的地方，在巨大而陌生的世界里只给予我们不到十米的光亮。然后，仪表盘就亮起了红色的警告：立即加满冷却液，请勿继续行驶。

　　这样的场景，甚是悲凉，窗外的黑暗已是无边无际，我们束手无策。Guns N'Roses 的 *Do not cry* 低声回旋，他们沙哑的声音如重金属的撞击声，似乎还有远处黄昏里传来的钟声……这首唱哭成千上万人的音乐也让自己悲伤满怀，一直伪装的坚强摇摇欲坠。

可我固执地听到有人在耳旁低声劝慰：今夜，别为我哭泣　一切都会在你心头淡去　明天你会灿烂依旧　就让一切顺其自然……

黛青塔娜在《寂静的天空》里还有一句歌词：

在那风吹的草原　有我心上的人　风啊　你轻轻吹　听他忧伤的歌　月亮啊　你照亮他　火光啊　你温暖他……

巴塘草原的下午

江永益西的姐姐是巴塘草原上的牧人,她和她的丈夫管理三十匹马和两百多头牛。

三十多匹马和两百多头牛对巴塘草原上的牧人来说是个不小也不大的数字,但对江永益西的姐姐和姐夫两个人来说是个比较庞大的数字,他们需要用很多时间来解决这个大数字带给他们的辛苦和成果。

江永益西在玉树州歌舞团工作,曾是团里的舞蹈演员,后又做歌手,现在做舞美工作。他闲暇时总会去帮姐姐和姐夫干活,但姐姐和姐夫害怕他累着,就让他休息。江永益西也只好做一些零碎的、可干可不干的工作,比如将一岁的小牛赶进网围栏中,再比如将挤好的牛奶提到帐篷里。

江永益西带我们到巴塘草原的时候正值中午,湛蓝天空中的阳光正从头顶一丝不苟地洒落下来,如果没有防晒设备,那炽热的光线必然要在脸上留下印记。天边的云一朵一朵升起,又一朵一朵游走,云朵之间的界限明显、层次分明,似乎总是低垂于地面之上,于是,天空比往日低了很多。

姐姐不在家,说是去了州上采购东西。姐夫在,他会说简单的汉语，看到我们就一直笑，我们也笑，说"才仁珞嘉"。"才仁"是一句祝福语，大意便是"长寿"，但可从"长寿"之意延伸更多，瞬间就可拉近人与人之间的距离。

江永益西从车里拿出折叠椅、遮阳伞及折叠桌，摆放在帐篷前。帐篷是民政部门发的帐篷，上面有着醒目的"救灾"俩字，看上去与绿色的草原格格不入。江永益西说此前的夏季牧场牧人都在搭建黑牛毛帐篷，但近几年几乎被这样的"救灾"帐篷所替代，就是因为黑牛毛帐篷体积庞大，又重，搭建又复杂，所以很多人就选择了"救灾"帐篷，又方便又好携带。

"但心底里还是有些不舒服，总觉得黑牛毛帐篷属于夏季草原，如今被搁置在某处的角落里，失去了它存在的价值。"江永益西补充说。

江永益西的话在我们的采风途中得到证实，草原随处可见蓝色的"救灾"帐篷，这多少让人觉得不舒服，似乎帐篷里住的都是正等着救援的人们。但有时候人们在传统与现实之间纠结之后依然还是会选择省时省力的蓝色帐篷，时间久了也就习以为常。好在这几年政府为防止传统文化的流失，鼓励牧民夏天的时候将黑牛毛帐篷搭建起来，逐渐地，草原上的黑牛毛帐篷也便多起来。比如我们在去称多县清水河镇时，沿途可见一顶顶黑色帐篷，就知道那是牧人夏季的家。

在清水河镇的文措五社，人群里挤进一个稚嫩的面孔，她踮起脚将哈达搭在我脖子上，我问她叫什么，她小声地告诉我她叫"索南措毛"，我说我包里有礼物，是专门为你准备的。她羞涩地接过我给她的巧克力，用藏语说谢谢。

在巴塘草原的下午，在空旷得只有马匹、只有牛羊的草原上想起生活在海拔将近五千米的清水镇文措五社的"索南措毛"，心脏的跳动又快了半拍。在我和"索南措毛"年龄相仿的时候，我所在的村庄来了四个"工作人",他们穿着干净的衣服,有着白皙的皮肤。其中一个最年轻的"工作人"径直去到我家,我站在庄廓院的角落里怯怯地看他撩开门帘看屋内的摆设。我羡慕他干净的衣服和白皙的肤色。他转过头来对我微笑,我不敢直视他的目光。他从白色的夹克里拿出一把水果糖给我,我伸出双手去接,将糖果捧在手心里,感觉那是天赐的美味。那确实也是天赐的美味,我吮一口糖果,用糖纸包起来,再吮一口,用糖纸包起来,直到所有的糖果都消失在手心里。时间过去了那么久,除了那个高大身影的面孔模糊之外,所有的记忆都越来越鲜活。我甚至觉得我后来走出那个村庄,是因为糖果的香甜和我眼里鲜亮的颜色给了我动力。那天,站在我身边的"索南措毛"将她的手塞到我的手心里,我抱着她照相,她转过身"咯咯"地笑,笑声清脆。

我无端地想,很多年以后在"索南措毛"的印象里会不会有一个穿着明亮衣服的阿姨。

巴塘草原距离清水河文措五社有两百多公里的路程,但景色大同小异。夏日的草原一天三季,这个夏日午后,姐夫拿出风干肉、酸奶、奶茶、酥油及糌粑招待我们。这是牧人家里平常必备的东西,扛饿,方便又美味。不远处的三只狗躺在地上呼呼大睡,它们毫无戒备之心,似乎所来之人与它们毫无关系。江永益西说稍远处的那只是真正的藏獒,八年前有人出十万元钱都没舍得卖。如今那只藏獒已经老去,显出老态龙钟的样子。原本出生在草原上的它,也必将回归于这片草原,它将会被埋葬在冬天风雪、夏天繁花的土地之下,还有主人和主人的牛羊陪伴,也是一个好的归宿。江永益西说另外一只体形较大的藏狗是家里的功臣,白天负责睡觉,夜晚负责放哨和巡逻,让那些觊觎小牛犊的狼不得靠近。而另外一只睡觉的柴犬是一只被人遗弃的宠物狗,被姐姐收养,也逐渐忘了自己被宠的命运,和那只藏狗一起巡逻,并时常在黑夜里叫上一两声,用来壮胆,或者在白天时对着主人摇两下尾巴,祈求一块煮熟的牛肉。

姐夫说近几年草原上的狼多起来,有单独行走的狼,也有成群结队的狼。这个季节身强体壮的公牛都被赶去远处的大山里吃草,所以姐夫和姐姐的夏季牧场里都是母牛和小牛犊,牛犊有一岁的,也有两岁的。小牛犊都非常淘气,它们在远离母亲的地方撒欢。它们比拼力气,比拼犄角的强硬度,互不相让。赢了一方又去挑战另一方。听到母亲的呼唤声就扬起四肢飞快地跑到母亲身边,从跑跳的身影似乎可以看到它还沉浸在一场胜利中,它应该得到母亲的夸奖。它钻到母亲身下寻找甘甜的乳汁,用足力气吮吸,以便补充刚在战斗中消失的力气。

草原上的狼群会觊觎那些年幼的小牛,附近的牧场有狼叼走小牛犊的事情发生。为了更好地保护牛犊,姐姐和姐夫专门做了用网围栏围成的牛圈,在傍晚时分就将一岁的牛犊圈在里面。即便这样,狼群还会带着某种希望和侥幸来寻找它们可以带走的食物,有时也会得逞。而姐姐家那只在白天呼呼大睡的藏狗在夜晚时精神抖擞,据说狼怕狗,我想更多是因为怕狗的主人。那只忠诚的藏狗日夜巡逻,狼也就不敢冒险靠前了。江永益西说那只藏狗胜过四个江永益西。

在我们嚼着风干肉的时候,姐姐回来了。姐姐坐着邻居家的车,除去姐姐,五菱荣光车上还坐着三个和姐姐年龄相仿的妇女,她们身穿藏袍,手提置办的物品。她们面向我们微笑,我们也笑。似乎在草原上,如果不能用语言沟通,那么最好的沟通方式便是笑,一笑间,就能拉近彼此的距离。

姐姐说她要下厨炒菜,她买了油菜,买了西红柿等,她说她要炒牛肉炒粉条。牛肉炒粉条是草原上不可或缺的一道菜,无论是在餐厅还是在牧人家里,都会吃到美味的牛肉炒粉条。高原气候恶劣,新鲜蔬菜拉运成本很高，又非常难储存，所以，粉条就成了牧民们采购食物时的首选，在风雪飘过原野或夏季青草如茵时，帐篷里的小火炉就会飘出牛肉炖粉条的香味，当然这也是招待尊贵客人时才有的菜，牧人并非顿顿都有粉条炒肉。在我第一次吃到牛肉炒粉条时就吃出了记忆中陌生人给我美味糖果的感觉，无论时间过去多久，对心仪的味道念念不忘。

牧场里的女性应该比男性更辛苦，除去牧场里必须要干的活之外，她们还要负责整个家庭的饮食起居，比如做饭、打酥油等。江永益西说在整个巴塘草原，只有姐姐的酥油是用手打出来的，而别人用了机器。用机器打出来的酥油，香味就会大打折扣。我们阻止姐姐去做牛肉炒粉条，希望她也能坐下来同我们一起吃午饭。对我们来说，新鲜的酥油、糌粑、酸奶、风干肉都已经是非常美味的食物，姐姐又拿来她自己采挖并煮好的人参果及烙得金黄的饼子，丰盛的食物就摆满了整个木桌。姐姐挖了满满一勺人参果放在我面前的酸奶碗里，她掰一块饼子递到我手里。我们之间依旧只有笑，但完全懂得彼此的意思。我将饼子泡在酸奶里大快朵颐，真的美味无比。

我们坐在帐篷前面的木桌上吃饭，不远处是三只狗，狗的前方是牛，牛的旁边是马，再远处是公路，公路的另一侧是草地，草地上有牛、有马，远处还有山，还有低垂的云。如此，一幅风吹草低见牛羊的景色就显现在眼前。江永益西说他最小的妹妹就在我们看得见的公路上发生车祸去世了。他说妹妹去世的时候才八岁，如若现在还在，就已经是二十岁的大姑娘了。

"妹妹长得好看，可惜她早早离开了我们，但她去了天堂，也没事。"江永益西说这句话时转过身去，他用手挡着刺眼的阳光，似乎在抵挡刺眼阳光带给眼睛的某种伤害。

午饭后，江永益西带着我们在他们的夏季牧场上行走，我们从那三只狗的身旁经过，它们连头都不抬一下。但我们看到了数量不少的羚羊，它们在牛群中穿梭而过，时而缓慢行走，时而蹦跳嬉戏。看上去它们对人没有太多的戒备之心，在离我们稍远的地方它们停下来回头观望，又试探性往回走，似乎在挑逗我们：来啊，来追我啊。它们在空旷的草原上跑跳，寻觅食物，如精灵般显现在人们的视野里，又消失在远处。

姐姐说近几年草原上的野生动物多起来，随处可见行走的野生动物，比如棕熊，比如狼，比如羚羊。棕熊聪明，时常会到牧民家找酥油吃，甚至模仿人拌糌粑吃。而它们往往会破坏屋子的门窗，如果窗户关着，门敞开着，它们会把窗户破坏后进去，然后从窗户爬出来。如果门和窗户都关着，它们会从窗户进去，从门里出来，毫无疑问，门和窗户都坏了。后来，人们外出时索性将门和窗户都开着，由着它进出。

称多县清水河镇的仁青江才书记告诉我们，到目前为止，还没发现棕熊伤人的案例，但人们心生担忧，国家禁止伤害野生动物，但如若它们一旦发起攻击，后果不堪设想。另外，它们破坏的门窗的价格算下来比城里的要贵好多倍，那些从千里之外拉来的门窗综合成本很高，且棕熊对门窗的损坏毫无规律可言，无法防御，由着它们我行我素。然而从聊天内容来看，他们并没有要伤害或者报复这些动物的意思。仁青江才书记说："狼和棕熊也要吃饭，也要养它的孩子，它们可能也是没办法。"仁青江才书记说到这里的时候旁边的村书记补充："我们会阻止和防御狼群攻击我们的牛羊，如果看到狼袭击牛羊，会大声喊叫，会骑着摩托车从它们身边经过，吓唬它们，狼看到人之后往往也会逃之夭夭，但我们在出远门的路上，要是遇到狼，或遇到狼群，就认为这是一个吉祥的预兆，会脱帽向它们致敬。"

当江永益西带着我们在他们的牧场行走时，有马匹从旁边经过，它们啃食青草，青草发出断裂的响声，奏出天籁之音。很多马匹仰着头从身旁走过，毛色发出锦缎一样的颜色。在离我不远的地方一匹棕色的马停下来看我，它或许是期待我手里会有它心仪的食物，我唤它：来来来。它便朝着我的方向走来。从内心深处我有些害怕，但也希望它能离我近些，再近些。它一直盯着我看，有几次扭头要走的时候，我又唤它：来来来。它又向我靠近，似乎能听得懂我说的话，也似乎它对我这个从未谋面的陌生人没有戒备之心。我看到它大大的眼睛，看到长长的睫毛，看上去眼睛里满是柔情，也或许这只是我意念中的希冀，但我确实看到了，它眼里全是柔情。在和我对视了十分钟之后它终于还是离开了，向远处走去，去追赶那些已经远离的马群。它步伐铿锵，器宇轩昂，似乎要赶赴一场属于它的胜利，它仰头嘶鸣，将前蹄高高扬起。而我将自己想象成马背上的人，正在驾驭它越过万重山，它用风一样的速度走进历史里，它的身后都是浩浩荡荡的队伍，它们一直走一直走，走到我的家乡，从游牧生活逐渐向农耕生活转变，但它们的血液里流淌的依然是自由、不羁。再在某一天相遇的时候，一见如故，难舍难分。

　　似乎，在远离城市的巴塘草原，牧人、牛羊、马匹、青草互相依偎，互相成全。关于牧人和牛羊的关系，一般习惯性的说法是"牛羊是牧民的家畜"，但牧民似乎有不一样的角度。他们说牛羊是他们的父母，牛羊像父母一样养着他们。如果没有牛羊，牧民就可能真的无法生活。姐夫说："我们和牛羊是相互依靠的关系。我们会照顾牛羊，早上会把它们放出去，晚上会把它们赶回家，生病了也会照顾它们，同时我们离不开它们，我们吃的酥油和肉，穿的藏袍和鞋，住的黑帐篷都是牛羊提供的。"每一句话都朴实无华，每一句话都充满哲理。

　　在藏民族的意识里，他们认为这里的每一座高山、每一眼清泉，甚至每一朵花、一株植物都是造物主的馈赠，人类应该与它们和平共处，爱惜，呵护并守护。人在自然中永远都不是主宰，他们有利用资源的权利，但是这种权利不是无限的，一旦过度，人就会遭到因果的惩罚，草会长不好，牛羊会变少，牧民也会变穷。

江永益西还告诉我他从牧民仁增诺布处听到的话："外部环境和内部生灵要达到一个平衡的状态，这是佛教的观点，可能跟科学的观点不同，但我觉得落脚点是一样的，外面的环境好了，这些动物好了，我们的牛羊也会好，我们牧民也会好。"

曾经接触过一本叫 Homeostasis（《动态平衡》）的书，书中的概念给了我启发：我们是否也能从"动态平衡"这个角度来理解他们的生活，所谓的美好人生可否定义为一种平衡的状态呢？当然，这种平衡不一定是一种持续的快乐状态，更重要的是因为心存感恩、悲悯，而让自己和大自然万物和平共处，另一方面因为存在压力和忧患意识，不断精进，又努力做到随遇而安。

畅想一幅画面：天似穹庐，笼盖四野，天苍苍，野茫茫，风吹草低见牛羊。这才是草原最真实的写照，无论缺少哪种元素，都必将留下缺憾。

无名之辈

一

那个叫树的人比我小一岁，但印象中的她面黄肌瘦，总是一副弱不禁风的样子，所以看上去要比我小很多。

我经常和她打架，可通常都不是她的对手，但又不好意思和别人说我打不过一个比我矮小很多的人。有时候我也会怂恿我的两个侄女去打她，依然打不过。她有撒手锏，就是出其不意地用她的长指甲挖别人的脸。我们每个人的脸上都曾经留下过血印，但没过几天就好了，于是又开启另一拨打架模式。

真的不清楚小时候为何会有那么多时间去和树打架，我和我的两个侄女一起玩耍的时候总要扯到树身上，然后说："我们去找树吧？"三人合谋成功，就朝树家走去。

我们轻易就会找到树，她就站在她家门口，穿一身并不合体的碎花衣服，前襟上有饭汤留下的痕迹。她看我们走来，也不出声，只用小小的单眼皮眼睛睥睨着我们，看上去她的眼神里隐藏着许多漫不经心。似乎她看过往路人是假，等我们来倒是真的。

我们总能和树打架成功。我一个侄女在我前面，我在中间，我另一个侄女在我身后，其中一个人上前去将她推搡一把，两人在旁边虚张声势，我心虚地看着树的长指甲就心有余悸，心惊胆战走到她面前的时候她的手就伸过来了，然后我们三人顺利地败下阵来。

在我们三人忙乱又狼狈的撤离声中一定会听到高墙内的呵斥声："树，你看好院子里的果树，别让那些坏小孩把果子偷走。"

树默不作声，她又睥睨着我们，我们听见大人的声音更是慌不择路。

我终于知道树站在门口是有任务的。但她在果树开花时就站在门口，但凡我从她家门口过，就会看见她站在那里，似乎是一尊小小的雕像，在风里雨里保持一贯有的姿态。

树并不是什么坏人，不能因为她和我打过架就把她定义在坏人里面，这样对她不公平。当然，我也不是什么坏人，因为我和树之间的战斗似乎已成为一种仪式，而不具有目的性。其实我在内心深处不止一次地想过一个问题，如果树能让我赢一次，没准我和她能成为朋友。

我终于还是赢了一次，确切地说树再次见到我们三人时主动哭了。我忍不住问她，果子都没成熟，你为什么还要看守？她说是她爹安排的任务，她不敢不从。她爹说果树开花时会有人摘下树枝，结出青果时会有人摘下树枝，成熟时就更不用说了。

她爹说的话似乎也有道理，因为村里就有一些包括我在内的调皮孩子喜欢伸手去够那些好看的花和那些挂在树枝上还未成熟的果实。我曾带着班里十多个同学去自家的院子里摘那些有着细茸毛的酸杏，被爷爷逮住后一顿打。我不知道爷爷什么时候变得六亲不认，我挂在树上大声地喊："爷爷，是我。"但爷爷不管，他只顾着捡起地上的土块往树上扔，小伙伴们兔子似的都跑得没影了。

我被树枝挂在树上，便忍不住大哭。爷爷问我怎么了，我想起他刚刚的六亲不认，越发大声哭泣。不得已，爷爷拖着老迈的身子上树将我解救下来，并亲自将我护送至学校。实际上我根本就不想理他！我们之间隔着三米的距离，我小跑，他也小跑，我慢慢走，他也慢慢走。他自言自语："那些细碎的果子和你们一样大，有什么吃头？长大吃不好吗？"那些起先逃跑的小伙伴都堵在校门口，对爷爷指指点点："就他，就他打的我们。"

爷爷看我一眼，清清嗓大声说："你们谁要是欺负我的孙女，我给你们有好果子吃！"然后弓着背离开。

这是偶然发生的事情。而树却日复一日地站在门口遵从她爹的嘱咐。

在我们关系缓和的那段时间里，我背着书包经过她家门口时她早已站在那里，她也会和我搭讪：

"阿姐，你要去上学吗？"

"是啊。"

我们的对话很简单，但我回头看她的时候她也正看着我。

突然间觉得我和她的关系走近了不少，我们彼此已经将之前打架的事情充分忘记，似乎那些小隔阂上还长出了细碎的花朵，在阳光下发出诱人又微小的光芒。冬天时她也曾给过我一个冻成冰棒的酸梨，我将酸梨拿到学校放在火炉上，酸梨化成一摊水，老师反过来把我打了一顿。但我没有埋怨树，反倒觉得她给我酸梨的行为太让人感动了。我也曾将一本小人书拿给她，她说她不识字，我说上面有图，你看图即可。

但树并没有因为我给她一本小人书而现状得到改善，她依然在特定的时间里行使她的职责。有人说树的爸爸有着无人能比的"絮絮叨叨"的本领，我在想，树站在门口看风景、看花、看果、看小人书会比在家要好。如果换作我是树，没准会和那个絮叨人对着干，就像我对爷爷那样说翻脸就翻脸。

但有一日她爸站在我面前的时候我还是被吓了一跳,他同样有着树具有的特征:面黄肌瘦。因为个子高,脖子就显得特别长。他居高临下看着我,将我送给树的小人书用力地扔到我脚下,告诫我以后不要将不良思想传染给树。还没等他讲完,我就将他扔到我脚下的小人书用力踢向远处。我倔强地用眼睛睥睨着他,满是不屑。我想如果他敢动手,我就跑去找我爷爷!但我想象的那种场景没有出现,在我和他相持不下的时候树赶来硬是将他拽走了。在树拽她爸的过程中,她的一只鞋被踩掉了。但她无法顾及。她用力地将他拽到她曾经站过的庭院门口,推门,关门。直到进到他们的庭院,树都没有回头。我捡起地上的小人书,再用指尖捏起她的鞋子,跑到她家门口,用力地扔过半高的庄廊墙,那本书许是落在树的脚下了,也或者成为厨灶的一抹烟尘,哪一种结果都非常有可能。

从此,我再也没见到树站在门口的模样,她的岗位被她妹妹代替了,她妹妹比她小一岁,叫草儿。

草儿说树在家从事了洗衣做饭的工作。但在冬天时树会跟着她的妈妈去集市上卖水果。她妈妈满脸堆笑,碰到熟人就会拿起一个苹果递过去:"吃一个吧,这是黄元帅。"树也在旁边低声地附和:"吃一个吧,这个是黄元帅,那个是红元帅。"没有人会吃她的苹果,也很少有人买她的苹果。

在农村吃水果是一种奢侈,人们往往在生病时才舍得买一个苹果,或者买一斤梨。也有一种例外就是年轻人去看望年长的老人时会拿一两斤水果,所以,爷爷的宝箱里往往都会有水果。我有时候和爷爷说我肚子疼不想上学时,爷爷就会给我一个小小的、满是褶皱的苹果。因此,我也很是羡慕经常有水果吃的树。树有树的幸福。

再一次见到树时已是十多年之后了,她来找我给她父亲开药,她说她从别人处打听到我的工作单位。她说她父亲病情已到晚期，只好拿药物控制。她说她父亲的病明明好不了，但他还是不死心。一时间，我有些恍惚树的体内是否也根植了她父亲"絮絮叨叨"的基因。

树穿着不合时令的衣服，前襟还留有饭汤的痕迹，她穿着高跟鞋，将我一口一个"阿姐"叫着，露出她母亲般殷勤的笑容。

她从我手里接过药品，说要比医院的便宜许多。看着她在风里离开，走得很急，我有些难过。走出很远，她转过身来向我笑，向我招手，那神情有些像十多年前她站在她家庭院门口和我打招呼时的样子。

后来听闻一条关于她的消息，说在她父亲重病期间，她女婿拿一个羊腿来孝敬自己的老丈人，却又被树偷偷拿到自己家里炖给自己的孩子吃，也不知道这条消息是真是假、出自哪里。

但周围说的人多了，似乎也就成真的了。

二

自从草儿在她家门口取代她姐姐成为果树的守护人之后，我也有很多机会见到草儿。但她比树任性，她可以将她爸的怒骂置之不理，他骂他的，她笑她的。她笑的时候也好看，有两颗小虎牙，还有两个小酒窝，或是她年龄比我小两岁，所以我没和她打过架。

后来我们一起玩游戏时她也会加进来，无论是抓石子还是踢毽子，她都很出彩。她也会断然离开她的岗位和我们一起去更远的地方玩耍，或者有时会爬上自家的树摘下还未成熟的果子给我们。

有一次听闻草儿挨了她爸一顿打，很想去看望她，但她们家门紧闭，就只在门缝里看了一眼，并将一颗洋糖从门缝里扔进之后不了了之。

从未听闻草儿捡到洋糖的话题，或许那颗洋糖被鸡啄了去，或者被猪咬了，或者被草儿以外的人吃了，草儿不说，我也就不问。

草儿比树幸运些，她也曾背着书包上学，她进校的时候我已经四年级了，看上去高高在上。草儿时常仰着头看我，有时会从书包里拿出黄元帅来讨好我。但不是每一次草儿给我苹果我都会接受，仅有的一次也是因为草儿的眼里充满真诚而不能拒绝的情况下勉强收住，但没过几分钟就听到有人说看到草儿舔过那个苹果，我就当着草儿的面把苹果扔到了草儿的脚下。

从此，在别人眼里，我和草儿的关系大概到了我和树之间最初的那种关系。但我想起那个我扔到她脚下的苹果还是觉得有点可惜，我一直怀疑那个说苹果被草儿舔过的女同学是否真的看见了实景。后面的传闻是那个在地上打滚的苹果被一个男同学捡走了，当有人问起他时，他有些害羞，他说他拿回家后用清水洗了。

但有一日在学校门口又见到草儿的爸爸，他揪住那个男生衣领的时候我终于知道装在草儿书包里的苹果是她"偷"来的，这个"偷"字让草儿在众多同学的眼里失去了笑容，她哭泣，她用脚蹬她的父亲，她坐在地上不起。她应该是用尽了自己所有的表情，仓皇地退出了人群。

从此，草儿再没上学，她的文凭应该停留在小学二年级的上册，只会写一些简单的字。

秋天，草儿的爷爷死了，几个喇嘛在他们家进进出出，几只鸡围着草铺找寻粮食，帮忙的妇女们挖了大勺的面炸油馍馍。很多小伙伴都聚集在他们家门口看热闹。大概，他们看热闹的目的就是一块油馍馍和一两颗糖。我因为忌惮草儿爸爸的威慑力，只能站在远远的地方看一眼。但我还是看到了草儿，她看上去不是很伤悲，坐在草铺上扭头向外。我曾记得她在学校门口坐在地上哭泣的绝望表情，恍惚觉得就是在昨天。她许是记恨我的，我所希冀的油馍馍和洋糖可能毫无希望。

但草儿还是看到我了,她躲过她爸的视线,来到我旁边,将两颗捏出汗的洋糖塞给我。

"阿姐,你今天可带着几个人去我家后院摘果子,我爸肯定顾不上。"这多少有点乘人之危,亏她想出这样的主意!

"左边第二棵树上的花青好吃,甜的。"她自顾自地说着,将最有用的信息提供给我。

我去找我的两个侄女,我们三人的分工很明确:一个引开别人的注意力,一个负责上树,一个看守。我们还是被草儿的父亲看到了,他远远地用幽怨的眼光看着我们,我们裹着满襟的果子远远地躲开,戴着孝布的他不能上前阻止我们的行为。

草儿真的很聪明。

但草儿在某一天还是挨了打,以往她爸喜欢絮絮叨叨,但那次是动了真格,草儿的脸上留下红色的指头印。我和我的侄女们都很难过,那些被我们吃过的果子也似乎变成了结石。

大概,草儿和她爸彻底决裂了。草儿爸爸"絮絮叨叨"的本领日益精进,草儿逆反的性格也到了最大化,每日听到她家传来不和谐的声音,叫骂声一浪高过一浪。至于草儿的妈妈,我不知道她在那个家庭里扮演着怎样的角色,我只看见过她满脸堆笑的表情,唯有那副表情可以衬托她脸上的五官,堆积在一起的五官不是非常分明,因为笑,它们之间的距离很近,因为距离很近,就特别容易模糊。至此,印象中,她也只有一副模糊的面容。

很多年后我再一次见到草儿的爸爸时,他蜷曲在庭院门口张望,他似乎已经没有力气再"絮絮叨叨",他看我远远走来,就慌忙起身,开门,关门,听到门闩"咯吱"的声音。"咯吱"的声音似乎是他的一种决心,也或许不是,但无论如何,我都不是他想见的人。在村庄里应该有很多他不想见的人。

他或许也不想见到草儿,因为草儿在某一天跟着一个陌生男人跑了,跑掉的草儿让他蒙羞,让他在他家的权威失去颜色,他灰头土脸,每日里蜷曲在门口张望,见到同村的人走来,他急忙躲开。

"我们家从来没有草儿这么个人。"有一日他无法避免地遇到一些人之后,他这样说,声音很大,信誓旦旦。

"是的,是的,我们家没有草儿这个人。"站在他旁边的草儿妈妈也随声附和。

但我固执地认为他们说了谎,弥天大谎!果然,有人说在病入膏肓时不停地提起草儿,在他咽气时,也大喊"草儿""草儿"。

但是草儿杳无音讯,人们的记忆里本就小小的草儿变得愈加模糊,没有人再提起她,看上去,她已经远离了这个村庄。

可是在我这里,她依然是鲜活的啊,她有好看的笑容,有白皙的皮肤。

突然有一天看到她在某个广场背着一个孩子拿着话筒唱歌,遂说自己是网红,要别人点亮红心,要打赏,很多人都在起哄。

暮色渐至,草儿被笼罩在暗色里,她依然在讨要打赏。

三

五十二是个结巴,而且结巴很厉害。他上小学一年级的时候语文老师让他读"一"时,他一直喊着"一————",喊到第五个"一"的时候终于停下来了。全班的人都哄堂大笑,五十二憋红了脸,如此,他学完"十"的时候就决定退学。

退学的五十二刚退学就有了职业,就是赶着几头牛去做一个牛倌儿。他的牛从没超过十头，是好几户人家的牛凑起来的。

五十二对时间有着与生俱来的执着，他每天早上准时出门，扯着嗓子喊一声：赶赶赶赶赶牛了。就有人将牛赶出来，前后时间不能超过三分钟。如若超过三分钟，五十二绝不会多等半分钟。所以当听到五十二的喊声时，所有人都会停下自己手里的活先去圈里赶牛，万一错过就得有一个人专门出去放牛，很不划算。

当然，五十二也是有偿劳动。每户人家都给他早早准备了白面馍馍，条件好的人还在白面馍馍里放油。五十二有个斜挎在肩上的布包，用一块块花布拼接上去，已经看不出原来的颜色。他的挎包每天都会装得满满的，被撑得鼓鼓囊囊。

并不是所有馍馍都让他吃了，剩下的馍馍也不带回家。他先将装在包里的馍馍摆在地上，然后一块一块拿起来作比较，从色泽、气味、手感等选出优质品，供自己享用，剩下的就分等级给他喜欢的牛吃。

有些牛很多天连一块都吃不到，所以只能吃草。那些吃惯了馍馍的牛就巴巴地跟着五十二"哞哞"喊着，不吃到馍馍决不罢休，所以能吃到馍馍的牛永远都能吃到馍馍，吃不到馍馍的牛永远都在安静地吃草。

长此以往，五十二也得出了结论，判定谁家媳妇的"锅灶好"。他的发言应该具有权威性，那些被冠了"锅灶好"的小媳妇更是把馍馍做得色香味俱全，一日胜似一日。

除了那个斜挎的包之外他还有一个挎在肩上的背篓。包在左肩，背篓在右肩。有时候也会换位置，但很少。他每天要把挎在左肩的布包腾空，也要把右肩上的背篓装满牛粪。如若有一项完成得不好，就极有可能挨一顿打。

但凡在山林里放牛的人都会背个背篓拾牛粪，有些人甚至跟在牛后面，等不及牛粪落到地上就要把热腾腾的牛粪装到背篓里。相对来说，五十二在这一项没有优势，他总是会落在别人后面。虽然他赶着数量比别人多的牛，但总是有人将属于他的牛粪抢走，还用挑衅的眼光看一下他。原本想争辩一下的他害怕自己半天说不完一个字，也就罢了。

五十二的娘早早就去世了，整个村庄里的人对那个女人的面孔心生模糊，她生下五十二后就撒手人寰。五十二到四岁的时候才断断续续说话，说一个字就要用完吃奶的力气，还将自己憋得满脸通红。

后面有人说五十二说不完整话是因为他没吃奶。他爹觉得也有道理，于是就用自己养的猪从别人家换了一只刚生完小羊的母羊，每日挤奶给五十二喝。但似乎没什么用，五十二还是原来的模样，直到有一日五十二对着他爹喊"阿阿阿阿阿"，一个"大"字没喊出来，他爹就将接了羊奶的搪瓷缸子摔到石头上去了，从此，五十二再没喝奶，那只母羊也不再产奶。

在五十二做牛倌儿的四年内，除了放牛他几乎什么都不干，但他在放牛的时候必须要用牛粪填满自己的背篓。五十二向来也是尽职尽责，从没有完不成任务的一天。他背着满满的牛粪经过别人家门口时，似乎声音也就大起来了，"牛牛牛牛牛来了""牛牛牛牛牛来了"。

我一直很好奇，五十二的话语不多，每句话也只有简短的几个字，但结巴的时候往往都会是第一个字在他嘴里持续不断地重复，接下来出现的字会比较顺畅地说出来。所以，有很多孩子跟在他后面喊他"五五五五五十二"，他转过身抡起粪叉就去追打他们，但他追不上，追不上的他用衣袖抹一下掉下来的清鼻涕就笑，后来那些孩子觉得没意思，也不怎么喊了。

看上去五十二在别人眼里比较愚笨，但并不全是。这在一件事上就可以体现出来，就是他的背篓里的牛粪在进家门的那一刻永远都是满的。很多人都纳闷为何比五十二能力还强的人都拾不到满背篓的牛粪，而他每天都会轻而易举地装满自己挎在右肩上的背篓。别人问起他原因的时候他笑笑不说话，伸出左手在胸前晃三下再不言语，那神情似乎在诉说一种"天机不可泄露"的秘密。

直到有一天有人看见五十二在别人家门口往他的背篓里火急火燎地装摊晒在地上的牛粪时才明白是怎么回事。被当场逮住的五十二一连说十个"我"字，也再没有下文了。他思忖半天和那人讨价还价，说他去放那户人家的牛的时候再不要馍馍，连着十天都不要。

那户人家看着五十二可怜的样子也就答应了，回去和自己媳妇说的时候，媳妇又不干了。她说五十二给了自己做的馍馍比较高的赞赏，再说看他也是可怜，所以还是给他馍馍吧。

被原谅的五十二很是感动，他专门拿馍馍去喂那户人家的牛，让那头原本一直吃草的牛也终于尝到了馍馍的味道。一头牛得宠，就可能有一头牛失宠，但失不失宠和五十二背篓里的牛粪没有关系，他的背篓永远都是满的。

再到后来，即便有人看见他在门口捡拾自家的牛粪，也由着他性子，不去管他。大概，五十二牛群里的每头牛也都尝到了馍馍的味道，只是或多或少罢了。

长到十六七岁的五十二也有了脾气，他跟他爸说他想要一个媳妇。他爸听到这样的话之后就脱下一只鞋子朝他扔出去了，看似笨拙的五十二机敏地躲过朝他飞来的鞋子，又捡起地上的鞋子朝猪槽扔过去。一头正在吃食的猪被突然飞来的鞋子击中了脑袋，它"哼哼"两声将那只鞋子拱向一边，又自顾自地吃它的食物。五十二很满意自己准确的手法，笑得停不下来。

"阿阿阿大，破破破了。"五十二说的是被他扔出去的鞋子，为了表达得相对顺畅些，他往往会省略很多字。他爸听得懂他的话，但还是捡起鞋子套在了脚上。

五十二想要媳妇的情绪日益高涨,他甚至可以赖在床上不起来,他爸举起拳头还没落下去的时候他就大声喊起来:"救救救救救命啊,救救救救救命啊",他的叫声又让他爸放下了已经举起的拳头。

他爸终于对他没办法了,哪怕他每天拾不到牛粪。

此时的五十二软硬不吃,他说他只要一个媳妇,别的什么都不要。他爸说那就把那只猪卖了,我去给你说媳妇,你去放牛。他说好。

五十二再去放牛的时候就兴奋异常,他但凡见到一个人就说自己马上就有媳妇了。

"我我我我我爸给给我说说媳妇去了",他总是将这句话说来说去,哪怕把自己憋得满脸通红。

但他晚上回家的时候看见那头猪依然在,就把自己的鞋脱下来扔到猪槽里去了,他负气地躺在地上打滚,说他爸说话不算数,他爸再没有什么谎言来说服他。

五十二天天躺在炕上,任了性地发着脾气。似乎,他曾经受过的委屈就要在这些天躺在炕上的日子里以他自己的方式表达出来,他看到他爸痛苦的表情时觉得很开心。但他想到自己没有媳妇的事实,而那头猪天天在槽里吃着它的食物时,他止不住地伤悲,他便大声地哭起来,哭得很顺畅,似乎也只有在他哭泣时才不会结巴。

冬天很快就来了,雪花也随之而来,牛在圈里吃着干草,五十二蜷缩在炕上。他爸说等到了春天就去给他说媳妇,他打听到外乡有一个年轻女子是哑巴,没准可以成。

五十二对他爸的话半信半疑。

但五十二死了,就在冷得刺骨的腊月里。有人说他是被冻死的,他自己捡拾的牛粪没有拯救他的生命。可是也有人说五十二死了也好,以后少受罪。或许他们说的话都有道理，但没有人去细细追究，有些卑微的生命出现的时候似乎就已经注定卑微，离开的时候也是波澜不惊，引不起轩然大波。

从此以后，这个村庄再没有一个叫"五十二"的人，很多人家的牛也都卖了，如此，五十二的使命大概也便结束了。

五十二最后的归宿在河床裸露的河滩以东，人们堆砌木柴，泼上汽油，将五十二放在木柴上面，有人看到燃烧的五十二的腿在烧得旺盛的火堆上抽搐了几下，就有人吓得差点失去魂魄，又有人说在夜里看到五十二拿着粪叉在河滩里拾牛粪。

听闻此言，再没有人敢在深夜里经过河床裸露的河滩以东。似乎，五十二在他死亡后才真正变得强大起来。

四

六十五和五十二一样都是人名。而且都有着生理缺陷，一个结巴，一个大舌头。

但六十五长得人高马大，虽然没怎么读书，但长大后的他穿了西服打了领带之后根本看不出他是大舌头，甚至会以为他是个公务员。是的，如果他不开口讲话，他确实是一表人才。

六十五上到小学三年级就退学了，他在学校里受人欺负，但他会找来他的两个哥哥帮忙，所以欺负他的人并没有占到多大便宜。相反，他有时候也会欺负别人，尤其是胆小的女同学，比如我。

他欺负我的方式很特别，他不打我也不骂我，他会对着我叫父亲的名字，被他的大舌头一搅和，父亲的名字就变得面目全非。我哭着去找寻父亲，并告知他真相。父亲手拿柳树条就在六十五的必经之路上等他，被拦截的六十五乖得像只猫一样。他说他再不叫父亲的名字了，果然以后也没叫过，但我还是很愤恨，想对着他叫他父亲的名字，但我不知道他父亲的名字，也就作罢，看上去在此件事情上六十五占了便宜。

退学后的六十五赶着一头驴和三只猪去坡里放驴，放猪。那时候的猪都是圈养的，唯独他们家的猪在坡里和驴一起吃草。从此，我们上学的时候，那一头驴、三只猪就捆绑给了六十五，他在山林里用听不真切的语音呵斥跑来跑去的猪，他的声音被对面的山挡回来，又挡回去，逐渐隐匿，他觉得很好玩，所以就一遍遍喊，没有人嘲笑他，他便由着自己的性子。

六十五所在的家庭一直都很贫穷，但他姐姐出嫁时，他们家宰了一头牛，还宰了一头猪。凡是去参加婚宴的人都说从来没吃过这么丰盛的宴席，说大户人家都比不过他们。六十五一家在村里留下了名声，他们宴席的丰盛程度一直高居榜首，两年内几乎无人超越。他的父亲听到别人的夸奖，也觉得很受用，说那都没啥。

后来他家的猪由三头变成十三头，甚至更多，六十五功不可没。他的父亲去集市上卖猪仔，等他背着十头猪仔在集市一隅坐下来的时候，已是晌午，集市快散了，他周身的汗水哗啦啦地往下淌。一年轻人拿着崭新的票子把他的猪全买下来了，六十五的父亲很开心，觉得自己遇到了贵人。他打算给六十五买一双黄球鞋，好让六十五放猪时在山林里能跑得更快些。但他把刚拿到手的钞票付给鞋老板时，老板说那是假钞。

六十五的父亲当下就病了，他回到家病就更严重，躺在床上长吁短叹，说吃不下也睡不着，头也晕得厉害，眼睛也睁不开。但他决口不提假钞的事，家人就觉得莫名其妙。这样持续了几日，家人们开始准备棺材。他的大儿子恳请他无论如何吃点饭，吃饱好上路。他的二儿子给他买来新衣服，说父亲你真的要去世的话，你的老衣已经准备好，请放心。原本在家里不怎么发表意见的六十五说：阿爸，我放的另外一头猪生完猪娃我俩一起去集市把它们卖掉。

六十五的父亲一下就从炕上坐起来了，他开始要水喝，要馍馍吃。一天天红光满面。做的棺材没有染色，买的新衣服也重新搁置起来。而外面的传言竟然是六十五让自己的父亲起死回生了，不得了。

多年以后，我回到村子里，说六十五有着不可估量的法力，并且有一个响亮的名字叫久美赞丹。这简直能让人跌破眼镜，他甚至在县城开了一间卖香火的铺子，雇了人替他守着。我寻到他的香火铺想探个究竟，但店里的人说六十五去远处的一个村庄里抓鬼了。

小时候，大人们经常在村庄里抓鬼，不知道哪来那么多鬼，抓掉一个又来一个，今年抓一拨，明年又抓一拨，甚至有些鬼都有名字。我们跟在他们后面，又害怕又好奇。他们把抓到的鬼装进麻袋里，用绳子扎住袋口，然后焚烧。我们也就以为鬼真的被烧死了，或许那些鬼在焚烧的过程中逃脱了，使得第二年又要再抓一次。

多年以后听到"抓鬼"这样的名词，且是自己熟悉的六十五所为，感觉匪夷所思。据说抓鬼都是明码标价的，抓一个鬼要二百元钱。有些家里有四五个鬼，如此，这个村庄半人半鬼，说不定走着走着就能撞到鬼。

我在远处看到六十五穿着枣红袈裟的模样，一群人跟在他后面对他毕恭毕敬，他颐指气使，他放慢语速讲话的时候，铿锵有力，舌头似乎也不如以前大。和之前的六十五比起来，确实有着天壤之别。但他也看到我了，怔怔地看了一会儿，不知道是不是想起他叫我父亲名字时我哭泣的样子，或者想起父亲拿着柳树条堵截他的样子，他用袈裟的衣襟裹住头部，躲避我的视线，跟在他后面的人们开始斥责我，说我冲撞了圣人，圣人不开心了。我便绕道。可那晚的六十五再没有了抓鬼的兴趣，他说他看见的鬼都抓完了，此地再无鬼。

他被众人簇拥着上了一辆小轿车，在我看来，因为我的出现打乱他抓鬼的节奏，他的离开多少显得有些仓皇。

再一次无意看到他的时候在县府门口，他穿着西装，打了红色领带。他精神饱满，神清气爽。说实话，如若说这曾是山里放猪的六十五，没有一个人愿意相信。举手投足间更像是一个受过高等教育的人。

他站在那里打电话，声音很大，我断断续续听到他表达的意思，说西藏那边揽了工程，金额很大，今晚启程就去那里，去签合同。言语间意气风发，踌躇满志。

不知六十五揽工程的事情是真是假，但村庄里很多人都看到他租了一辆汽车回家，那时候村庄里还没有私家车，所以他的行为格外引人注目，他悠闲地抽着烟从出租车的窗户里探出头来，一口口吐着烟圈，凡是见到人都会停下来和他们打招呼。人们惊奇地发现他会说普通话，虽然不是很标准，但咬字清楚，大舌头不见了。

村庄里也就传开了，说六十五挣到大钱了。恰好那一年，六十五的父亲去世了，人们不由自主想起他姐姐出嫁时的盛宴，想必六十五父亲的丧事上肯定会有更多的荤腥，果然，六十五说服自己的两个哥哥宰了两头牛、三只羊，他说等他钱到账了就把丧事上所用的牛羊以两倍的价格返还给他们。他们也很乐意。人们大快朵颐，走的时候还领了份子。思忖这六十五还真是孝顺，谁有这样的儿子是天大的福分。

六十五的大哥有一次从我家门前经过，我父亲问他六十五给了他多少钱，他大哥说还没拿到钱，但说是要以三倍的价格给他。后面六十五的二哥说六十五要以四倍的价格给他。

大概他俩都没等到他们希冀的这些价格，六十五再回到村里的时候就说西藏的工程烂了，别说挣到钱，还贴进去上百万。六十五的大哥和二哥就坐在自家的椅子上不怎么说话了。不过六十五再次启程的时候他们的家人还是给六十五带了煮的鸡蛋和炒的大豆。六十五还穿西装,还打领带,和别人不一样。

两年后,兄弟俩不再和六十五说话,甚至可以站在别人面前开骂。彼此说辞不一样,六十五的哥哥说六十五把家里仅有的一点钱都骗走了,六十五说那是借的,等挣到钱后会加倍还。

六十五出现在水滴筹的封面上是最近的事,他以自己的名义筹款,说自己骑车被摔,情况很严重,用词准确,措辞感人,看上去他的文字水平和他的经历一样水涨船高,他说等日后他好起来,就一定会给好心人返还这些钱,或者以另一种方式回馈这个社会,处处彰显感恩和大气。作为他曾经的同学,我还真的有些感动,当然,如果换作旁人,看到这样如诉如泣的文字也会感动。不知道撰写这些文字的人是听了六十五的口述还是由着自己妙笔生花。

六十五是我的同学,是一个村子里长大的人,我的家和他的家距离不超过五百米,虽然他曾当着我的面喊我父亲的名字,虽然我迄今都不知道他父亲叫什么名字,但我还是愿意给他捐一百元钱,或许,一段时日后我也会遗忘他的名字,谁知道呢。

五

父亲是众多人群中普通的一员,有着四十年代出生的所有农民的特征:勤劳、踏实、忠厚、相貌不起眼。他时常穿着蓝衣蓝裤、戴着蓝色的帽子。倘若他不是我父亲,走在大街上,我不会多看他一眼。

让我对他刮目相看的一次是我上小学二年级的寒假,他从外面拉了一卡车煤回来。全村的人都出来看热闹。他换了衣服,是一件月白色的上衣配着蓝色的裤子,没戴帽子。他引领着卡车来到村庄时已是晚上,半轮月挂在天上,汽车的喇叭声引来稀稀拉拉的犬吠声。他从车上跳下来指挥,卡车呜呜叫着往前,没往他指挥的方向去,我看到他小小的影子在车灯前机械地挪动,一不小心就被脚下的石头绊倒。我大声尖叫,害怕卡车从他身上碾轧过去。但他很快就起来了,跑向卡车的驾驶房,"砰砰砰"地敲打着窗户。因此,我还看到了他敏捷的一面。

那车煤足足烧了有三个冬天,也让很多人羡慕。但此前他已离家两年多,走的时候他和母亲说,他要挣钱盖房子,还要拉一车煤回来。他的出走应该是赌了一口气。因为叔伯们都盖起了房子,他不能很厌地活着。母亲对他的"出走"毫无办法,但他一去无影踪,我们也只是从别人嘴里听说他在某个工地上当了会计。会计这个职业对他来说应该是驾轻就熟的,因为他本身就是生产队的会计,曾经在墙上、地上密密麻麻地记满一年的收成,或者,也记录着生产队里有多少劳力、有多少生产工具。

母亲在父亲"出走"的日子里一次次地发誓,说等父亲回来后坚决不和他说话,还说父亲回来的第二天她就回娘家。可当她看到父亲拉了满车的煤回来时,很快就变卦了,似乎根本就没说过不理父亲之类的话。两年后回来的父亲洋气了不少,由于他摘掉了帽子,所以他满头的鬈发看上去像烫过一样。母亲满心欢喜地给父亲做了油馍馍吃,两朵红晕悄然飞上脸颊。曾经,我在母亲说诸如不理父亲的话时担忧了很长时间。

父亲盖了新房,我和我家的赛虎跟在他身后同样忙碌不已,他每日拿着账本记录琐碎,他精打细算,他和木匠商量能不能把一天三元的工费降到两元八角。我帮他把木屑装到背篓里,他那件月白色的衣服上浸出汗渍,尘土飞扬,汗渍由黄转黑,赛虎摇着尾巴喘着粗气绕着他前前后后地跑。

父亲出门在外的那两年应该没挣到多少钱，新修的房屋没有门，风从敞开的空间里无法无天地吹进来。父亲说他要再出一次远门，不会超过一年。父亲依旧穿着那件被母亲洗过的月白色的衣服，朝坪的方向走去。那里应该有一辆带他去远方的班车，我和我的赛虎一直看他的背影远去，母亲追出去给他送了一次油馍馍，赛虎看着我的表情一次次想追出去，但最后呜咽几声就作罢了。

母亲气喘吁吁归来，又一次说等父亲回来铁定不理他，等他回来的第二天她就回娘家。因为有了她的第一次说话不算数，所以这句话出来的时候，风就将它吹走了。我不再忧伤，我帮母亲拾掇院里木匠用斧子砍下来的碎木块，摆得整整齐齐。我在没有门窗的新屋里坐了很久，直到月亮升上来遮蔽一些遥远星星的光亮，近处的星星依然明亮，我在猜测父亲的去向，我在想黑夜里父亲会不会如我想他一般会想到我，我在想等他回来的时候会不会换上新衣。

其实我一直在想象母亲的另一种生活方式，她应该看报读书，有门当户对的爱情。但阴差阳错，她却和父亲走到了一起。我不止一次地问她究竟看上父亲什么了。

母亲说父亲年轻的时候穿着蓝衣蓝裤，虽然背着背篓拾牛粪，但很精神，而且有时还会拿个青苹果去看她。如此大胆，在那样的年代，或许也只有父亲能干得出来。于是，母亲退了原有的婚约，被大她六岁的父亲娶到一个只有一间房的庄廓院里。大概，在那个年代，母亲也是女性里面爽婚约为数不多的代表。所以，很多年以后说起过往，母亲便说那时候不懂事，感觉像傻子一般。或许父亲不认同她的说法，从鼻腔里"哼"一声就转身走开，言外之意就是说母亲当初的做法是正确的。

父亲祖上家境原本是殷实的，但后面几经变动，就陷入了相对落魄的境地。父亲因为身份限制不能继续上学，母亲因为种种原因流离失所，原则上，他们是平等的，是门当户对的。只是，母亲看上去漂亮、大气，而父亲相对老实、土气。

"你爸的老实是假的。"母亲说。

我非常相信我爸的老实是假的。在他"离家出走"之前我一直是他的小尾巴，他走到哪我跟到哪，以至于有一年他带着我去拔猪草，他和邻村一个面容模糊的阿姨在山林的塄坎上唱歌。歌声抑扬顿挫，在山坳里千转百回，飘向远处。我回家后大肆地讲给母亲听，讲这些的时候姐姐们都在，她们迅速地逃窜，父亲讪讪地笑着，母亲的脸时晴时阴，最后无奈笑一下，摸着我的头说了四个字："少不更事！"后面听姐姐说母亲和父亲干了一仗，我愣是不知道是什么原因引起的。

后来，他们也吵架，但每次都是父亲向母亲妥协。他最盛大的一次妥协是给母亲买了一架缝纫机，有很多女性跑来我家看缝纫机长什么样，排在第二位的妥协应该是他给母亲买了一块机械手表，我看着那块手表上嘀嘀嗒嗒不停旋转的秒针，放在耳边听了很久，母亲也放在耳边听，她说手表走路的声音真脆。

父亲宠溺我，这应该和他的老来得子有很大的关系。在我之上已经有了两个姐姐、一个哥哥，所以在我来到这个世上的时候他可能有过小小的失望，他可能希望我是个男孩子。但他很快从失望中回过神来，从此，他只要在家里，我就是属于他的。那时候他在山里放着生产队的牛，几个月不回家。（后来我传承了他的衣钵，在寒暑假时也赶着家里的一头牛去附近山林里放牛。）如若他回家，必然是从山林里逮到一些活物，披星戴月地送过来，让母亲熬成汤给我喝。然后他又在月夜赶回大山深处，在阴暗潮湿的破帐篷里等待周而复始的天明。他看着太阳行走的路程判断何时该吃放在包里的黑面馍馍，他希望他的视野里出现的是一只兔子,而不是一头狼。他用他结实的肩头背一株被雷劈过的松木,直到肩头溃烂成疮。

他说他在山里的时候特别想我,这是他亲口给我说的。后来他终于不用去山里放牛,所以我有很多时间都属于他,以至于某一天和母亲说起过往,她说了几个令我很伤心的字:"我真的不记得你是怎么长大的。"

父亲将我送进小学,我跟着同学去看村里收猪的场景,一个大大的空着的庭院里有许多猪,大小不一,肥瘦不等。我看着许多和父亲一样穿着粗布衣服、头戴帽子的人将那些猪捆住手脚抬起上秤,之后讨价还价。猪的惨叫声不绝于耳,映衬着那些在纸片上签字后的笑脸,形成驳杂恍惚的风景。我看得出神,没看到赶来的老师在我身后举起教鞭。我被老师揍了,但不是很疼。回头看到父亲不远处的身影,觉得被老师揍过的地方生疼,瞬间涕泪齐下。老师在父亲面前很是不好意思,也就特赦我早早回家。但在回家的路上我和父亲提出要求,于是,我俩又回到了原来的地方。之后父亲讲给母亲当时的场景,我又哭了一场。

似乎,我的哭就是我所携带的最厉害的武器,尤其在父亲那里最是生效。如果用文艺一点的话说,一看到我梨花带雨的模样,听到我嘤嘤嗡嗡的哭声,他整个人的心都碎了。

因为宠溺,父亲也会起身给我做早饭。记得家里有一个圆形的煤油炉,总共有十个捻子,把煤油倒进容器里,再用火柴引燃捻子,小小的火苗就聚集成火焰。旁边有一个开关,火焰可大可小。

父亲用钢精锅熬制稀饭,一大锅水里的米粒少之又少。我和父亲赌气,说不吃饭了,不饿。父亲说锅里的大米会膨胀,不会太清汤寡水。我在旁边等了很久,父亲又在稀饭里用烧热的油炝了葱花,美味瞬间溢出,诱惑我舌尖上的味蕾蠢蠢欲动。虽然稀饭里的米粒少之又少,但炝了葱花又加了少许盐之后，泡上馒头便是一顿美餐。

后来，父亲又断断续续给我做了寸寸面、散饭、洋芋汤，每一餐饭都特别好吃，有时居然恍惚他的厨艺好过母亲，而之后他在生病期间给我煮的牛肉便是他做给我的最后一餐饭。当时的他已被病痛折磨得无法下咽食物，也只坐在边上看我吃饭。他许是希望我狼吞虎咽，但我忍着泪水吃了几口之后再也难以下咽，我知道眼前的这个男人不日就会弃我而去，而他却情愿回到年轻时的状态，用了心思地烹制出美味的饭菜，只看着我狼吞虎咽的，便心满意足。

前几日整理旧物，翻到一个农村信用社的存折。日期停留在2013.3.26，余额八十九元五角六分。如此，关于父亲去世后的财产可能也就剩这么多了，世间有一个属于他的存折，有为数不多的钱，存折上有一个属于他的名字。

六

大妈第一次去城里的时候，就收到了很多诧异的眼光，凡经过她旁边的人都会将她的小脚看了又看。她三寸金莲的脚上穿一双黑色平绒鞋，鞋的顶端绣着一朵硕大的牡丹，她还将自己的步伐迈得匀实而有力。

有人甚至停下来看她。

她无所谓。在农村，和她同样年龄的妇女都是这副模样，她们的小脚顶着相对庞大的躯体行走如风，从不摔跤。她小小的脚印留在土地上就如一串串夯实又清晰的时代印记。一些年之后，再没有人会看见这种畸形的脚行走在大街上，且走得若无其事。

大妈是典型的那个时代的产物，她勤恳，任劳任怨，她有时也会重男轻女，认为丈夫是家里的天，自己可以逆来顺受。

多少个早晨，当她的丈夫在炕上四平八稳地睡觉时，好多人目睹大妈在田野上朦朦胧胧的身影，她在黑暗里起身，又在黑暗里归来，她真实得近乎虚无。她没有声音，也没有其他声音唤醒她，她在某个点准时醒来。烧水、做饭，将柴火烧得旺盛。吃一口饭便拿起一把小铲子下地干活了。

她是那个年代许多妇女的影子，更多的影子集合在一起，面无表情，却又日复一日。她们似乎只是为干活而来，为生育而来，为整个家庭的饮食而来。感觉她们一直没有苏醒。

她热衷于算命，比如算她的儿媳妇会不会生男孩，算命先生说第一个就是男孩，她喜笑颜开，结果生出来是个女孩，她又找另一个算命先生，那人说接下来会是个男孩，她满怀希望，结果生下来还是个女孩，她顿时变了脸色，在农村，连着生两个女孩就意味着这个生孩子的人在家中的地位会有着一个从上而下的明显的变化，她儿媳妇不敢在她面前有半点言语，但她还是好心伺候着，希望接下来会生个男孩。

她跑去邻村一个口碑较好的算命先生那里，拿了冰糖和橘子罐头，算命先生算了大约有半个小时的命，笑着说让她回去，安心等待便可，大妈听不懂他的意思，疑惑地走在路上一直思忖算命先生的"安心等待"是什么意思，想到最后她觉得应该是好事，"安心等待"嘛，就是把心放下来等着。可没等她把心放下来多久，第三个女孩也出生了，她所有的心都悬起来了。她觉得那些算命先生是骗人的，拿了家里的冰糖，还吃了橘子罐头，最后给她一个错误的结局，不算也罢！

两年后的某一天，大妈的儿媳妇即将生产，大妈紧张得在院子里走来走去，她一会儿看看猪，一会儿看看牛，一会儿又看看鸡，唯独不敢去看即将生产的孕妇。大妈在院子里转了两天之后，终于迎来了好消息。当产婆告诉她产妇生了一个大胖小子时，她高兴地流下了泪，她从之前的颐指气使变得小心翼翼，她将家里最大的公鸡杀了，将放了很多胡麻油的饼子烙得金黄油亮。她想尽一切办法给产妇做好吃的，她的脚步也变得勤快，她说话的声音在村庄也大起来了，她看门口的杏子一天比一天黄，有小孩爬到树上摘变了颜色的杏子，她也不管。

从此她不再相信算命先生，她觉得自己完全可以占卜。也不知从哪里学到的占卜术，她总是在紧要关头要拿出来用用。比如那头跑丢的猪今晚会不会回来；比如她孙子的病下个月会不会好；再比如小儿子的婚姻在东头还是在西头。

不知道这些无关紧要的琐事有没有给她准确的答案，但她一直乐此不疲，直到有一日她的孙女突然不见了，包括她在内的全村庄的人都在找她孙女，从天亮找到天黑也不见人影，孩子的妈妈哭得甚是伤心，但除了哭泣也毫无办法。大妈想起她的占卜术，她决定问一问那个用来占卜的线杆子。

"线杆，线杆，我的孙女今晚回来不？要是回来你往左转，要是不回来你往右转。"大妈嘴里念念有词，站在边上的我们都希望线杆子能往左转，但线杆子迅速地往右转，大妈和她儿媳妇开始哭泣。

"线杆，线杆，我孙女碰到好人还是碰到坏人了？要是碰到好人你往左转，要是碰到坏人你往右转。"我们也都希望线杆子往左转，但线杆子迅速地往右转动，她便确信她的孙女遇到了坏人。她们又一次号啕大哭。

我疑惑线杆子的转法，我让大妈再转一次，且选择往右转动。果然线杆子就朝着右面的方向迅速地转动，大妈心事重重地看着线杆子，也对自己的占卜结果失去了信心。

正在此时，她隐隐约约听到孙女叫奶奶的声音，是从草房里传出来的，原来她和小朋友玩捉迷藏，藏在草房里睡着了。大妈在惊喜之余埋怨那个往右移动的线杆子骗了她。或者再过一会儿就开始恍惚她当初选择的是左还是右。说不定线杆子并没有欺骗她，倒是她自己骗了自己。

大妈的线杆子在很多时候都可以用到，比如她听说在县城的儿子有了一个女儿，她不大相信，就又拿着线杆子进到黑暗的厨房里，过了半小时出来，别人问她结果，她面带忧伤地说她反复地看线杆子移动的方向，心里忽左忽右，不知道是真是假，大概就是真的。所以，大妈也是固执，但在心中她早就屈服于她的固执，摆在面前的事实没有让她的任何一种固执能够取得胜利。

大妈在五十岁时就已经很老了，她头戴黑色的头巾，身穿蓝色长褂，在雨天跟着别人去念玛尼，她从别人的菜园前走过，羡慕青葱翠绿的青菜，她从别人家麦子地前走过，羡慕颗粒瓷实饱满的麦子，她从别人的洋芋地前走过，羡慕洋芋开出的花儿，她总是觉得庄稼都是别人的好，但村庄的人都在夸耀大妈地里的庄稼长得好。男人们说起大妈时就说地里的庄稼比别人家的颜色更好看，穗头更大。女人们说起她时就说麦地里没有杂草，行间距都是均匀的。

除了大妈家的庄稼好，大妈的"锅灶"（做饭的手艺）也好。这是每个凡是在她家吃过饭的人说的同一句话。因此，大妈也就成了大伙在一起劳动时赶去做饭的首要人选。她总是能在短时间内在宽大的案板上擀出两三张又圆又薄的面饼，再用菜刀切出均匀细长的面条，那面条就和细麻绳一样，拌成凉面摊在案板上泛着亮色，香气四溢，让帮着烧火的我忍不住就要用手抓起来放到嘴里。大妈非但手艺好，而且根据用餐人数将面粉的需求拿捏得非常精准，如若有人想吃两碗以上，那绝对没有。所以，时间久了，村庄的人都掌握了此种规律，如若吃不饱，就使劲喝两碗汤，也就真的饱了。到了后来，案板上的面条和锅里的面汤同时亮底，全村的妇女们只能隔着远距离望其项背，永远不可能和她在同一平面上，超越更是天方夜谭。

大妈在我初三的下学期没有苏醒。

她在大伯离开她整整十二年之后离开了她一手辛苦打造的家。大伯在世时曾是小学老师，但他也只负责教学，剩下的所有事务都交给大妈。有时大伯朝着大妈无端发脾气，大妈也都一声不吭，如此，很长时间以来，大伯只要不顺心，都会朝大妈发脾气，但大妈一直遵从男尊女卑的思想，每每看见大伯不悦的脸色时便噤若寒蝉，越是这样，大伯越是变本加厉。大妈觉得这一切再正常不过，她总是将家里最好吃的端给大伯，她仍然将大伯每日里拾掇得很干净。按她的话说，大伯是见了世面的人，是识字人，得收拾体面些才是。其实她特别希望大伯能教她一些简单的字，但她看见大伯一直以来都很严肃的面孔，也就不敢再有什么不和谐的要求。

大伯一直都是一副高高在上的表情，在家里也是颐指气使，因此孩子都怕他。大妈曾小心翼翼地和他商量，说他对她怎样发脾气都是可以的，但不要冲着孩子们发脾气。她说她就这一个要求，再不敢有别的奢望了。大伯不置可否，好像也遂了大妈的愿，鲜见他对着几个孩子大吼大叫。

唯有一次例外，有一次大妈做了饭菜端到桌面上，她的大儿子无意中说了一句"饭好像煳了"的话语，大伯立马暴跳如雷，他从炕上跳下来拿起鞋就要打儿子，大妈惊恐地看着大伯盛怒的表情，用自己的身体挡在大伯面前，大伯说她若再护着孩子，就两人一起打，一时整个屋子乌烟瘴气，大的嚷，小的哭，一顿饭硬是吃得鸡飞狗跳。

人们常说"打是情，骂是爱"，是不是大伯对大妈的爱也是用这种方式来表达，不知，也无法理解。还有理解不了的是，大伯在病重之时一直都在念叨大妈的名字，要她寸步不离守护在身旁，大妈在旁边哭得哽咽，她一遍遍祈求神灵保佑大伯，但大伯还是在下着雨的下午撒手西去，大伯在咽气的前一刻还在牵挂他的孩子有没有考上中专，站在旁边的人都说考上了，大妈也说考上了。

等大伯离开，大妈便出奇地冷静，她吩咐村庄里的人如何办丧事，感觉死去的人不是她的丈夫，而是一个与她毫无相干的人，而她却是一个在丧事上主事的人，思维清晰，逻辑清楚，无论男女，都在心底里暗暗佩服她！毕竟，先走的人是比较幸福的，留下来的也并不是强者，但她忍住悲痛从容地面对眼前的悲痛，无论如何，也已经是真正的强者。

大妈含辛茹苦，拉扯几个孩子成人，却也积劳成疾，本应该在儿孙绕膝时节颐养天年，但她还是在一个相对年轻的岁数离开了这个在她眼里看不清楚轮廓的世界。但她在离开前也去了一趟北京，她在北京天安门前照相的时候极力睁大自己的眼睛，她从北京回来就觉得自己也是见过世面的人。她无限感慨地说：你大伯虽然见过世面，但他没见过北京，等我去了那边可以讲给他听。

大妈走了，她在临死前将所有事情做了安排，比如明年开春坪上的地里种什么庄稼，山上的地里种什么庄稼，化肥要买多少钱，但凡她想到的，都做了详细的安排。

大妈离开了，人们突然想起那些她曾经用来占卜的工具，想把它们也放进熊熊燃烧的火焰里时，却怎么也找不到了。那个古老的、曾经寄托大妈一部分希望的东西，在连着让实际结果与它给自己带来的结论相悖时，就被她丢到风里去了。

而那些被大妈丢到大风里的工具，只是在贫瘠岁月虚幻的存在，根本不值一提。

七

如果有钱，父亲一定是嗜酒之人。因为在我印象里他每有吃酒机会，就一定会酩酊大醉。

我不喜欢他喝酒，喝完酒总是絮絮叨叨，几乎要说完全年的话，几个孩子都躲在暗处，他一个个喊名字，都听不见答应声。没办法的他大喊一声"我要喝水"，几个人又从暗处跑出来，忙不迭地找杯子，倒水，小心翼翼将杯子端至他跟前，小声说：大，你喝水。他拿着杯子又开始絮叨，重复说一些说过的话。几个孩子脸上显出不耐烦的神情，但也只好受着。时间长了这个出去上厕所，那个出去上厕所，也就只剩下我一个人。他说我最疼他，我说是的。他开始哭，说他曾经打碎了奶奶的发面盆子，但他没承认，奶奶没有了发面盆子被爷爷埋怨，奶奶哭了一下午。他越说越伤心，开始唱着哭，那调调忧伤而晦涩，充斥在家里的每一个角落，似乎过世的奶奶也听到了，他止住哭声说要喝水，我将杯子端给他，他喝一口又开始絮叨。

"爸，你睡觉。"我好言劝他。他不听，说他曾经打破了奶奶的发面盆，他没承认，奶奶被爷爷埋怨，奶奶哭了一下午。

"爸，你睡觉啊！"在家里只有我敢大声和他说话，或者不开心的时候顶撞他，听着我声音大起来，他的声音就开始变小。但只一会儿他又恢复了之前的样子。

"我不管你了，我要去上厕所！"我吓唬他。

"我要喝水。"他又开始用之前的伎俩。

"你就是喝水我也不管！"我反驳。

"那我睡觉。"父亲只好妥协。

所以很多时候，当父亲喝醉以后我就是首当其冲冲在前面的人。他有时候也发火,我观察他的脸色,如果真生气我就得装聋作哑。他有时候也一声声唤母亲的名字,长一声,短一声,母亲很不喜欢他跑去喝酒回来又长吁短叹的模样。于是在父亲唤她名字的时候都默不作声。可我着急,我说妈你答应啊,就答应一声。然后母亲就答应。可是父亲的嘴里只有母亲的名字,再没有要说的话。

在只有一盏煤油灯发出光亮的小屋子里,那样的黑夜很长,长到让才生出记忆的我记住了屋内所有昏暗的摆设:有着水印的斑驳墙壁,一张八仙桌,两把椅子,没有油漆的面柜,面柜之上有一个外壳是竹篾编成的暖瓶。暖瓶并不保暖,但母亲每天早晨都会把烧开的水灌到暖瓶里,再从暖瓶倒进搪瓷缸里,很有仪式感。后来某一天那个暖瓶退居二线,不再装开水,里面装了煤油。某一天姑奶奶从婆家回来,说她口渴。阿姨误以为暖瓶里装着开水就把煤油倒给姑奶奶喝,喝了煤油的姑奶奶将一口煤油喷到八仙桌上并大声尖叫:丫头啊,这是煤油,不是开水。阿姨是姑奶奶的女儿,后来成了我叔叔的妻子。姑奶奶用清水将嘴涮了又涮,有人就开玩笑,说幸亏阿姨是姑奶奶的亲女儿,要是换作儿媳妇麻烦就大了。从那以后,父亲彻底让那个有着竹篾外壳的暖瓶退休了。后来我想,如果那个暖瓶一直装着煤油,父亲在醉酒日子里吵着要喝水时会不会喝到煤油,答案应该是否定的,我为我生出的荒诞想法偷笑了很久。

父亲嗜酒,这可能和爷爷有很大关系,据说爷爷在年轻时做生意,以物易物,也经常从这个县城到另外一个县城,家里常常人声鼎沸,宾客满门。但之后有一次在满载而归时被埋伏在隐蔽处的土匪抢去很多银元,大伤元气。

爷爷之后在自家酿酒,用麦子做酢馏酒,据说头酒出来的时候会让家里的每个成员喝一小杯,包括妇女。这样酒就会出得顺畅些,数量会多一些。母亲说那头酒的味道极好，好到不能形容，整个庭院里酒香氤氲，连鸡都跑来蹲在门槛上赶不走。她在以后的生活里滴酒不沾，唯独对自家酿的酩馏酒大加赞赏，让人很费解，或者，也有可能她在此处用了夸张的修辞手法，以示她喝酒是因为那酒太香，又有被迫的嫌弃，而不像父亲逢酒必喝，逢喝必醉，逢醉必哭，毫无办法。

大概自家产出的酩馏酒是不会往外售的，被奶奶窖藏起来，放到过年时候由着爷爷一个人每天自斟自饮，而他膝下已经成了家的孩子们是不敢碰的。据说爷爷脾气暴躁，尤其喝了酒之后更甚。然而，爷爷对自己身边的孙子们却极有耐心，尤其对男孩子。在喝酩馏酒的时候会用中指沾一点滴到他们的嘴里，看他们咂吧着小嘴，在酒精的冲击下摇头晃脑，忍不住咧嘴大笑。并对旁人说：我这几个喝了酩馏酒的孙子长大后必然会有出息。

很多年以后，和哥哥弟弟们坐在一起，看他们斗酒十千，豪饮百杯，无不感念当时爷爷对他们从蹒跚学步起的有意栽培。我猜想，如果我是个男的，也会有"三十斤花雕一坛，一夕而罄"的豪迈气概；而如今也只能偶尔和亲友及三五好友结伴成群，推杯换盏，也只有"花开半看，酒饮微醺"的浅淡，稍稍有点遗憾。

后来有一天父亲在醉酒之时说漏了嘴，说他偷喝了爷爷的很多酒，爷爷一直都没有发现。在座的叔伯们哈哈大笑，说好啊，好啊，言语难免尴尬。母亲不屑于他的说法，小声对我说：还不是仰仗你奶奶背地里护着他们！所以，我开始理解父亲在醉酒后一遍遍哭诉那个被他打烂的发面盆的下场，也唯有在这件事上他哭得悲戚而真实，且随着时间远去，悲伤的程度叠加，让他在哭泣的很多时候喘不过气来。

"爸，你喝水。"我会适时地劝慰。

他时常也会搬了小木凳坐在堂屋外，比起堂屋里逼仄的空间，屋外面对夕阳、面对高大青杨时，他或许会说得顺畅些、哭得痛快些。他絮絮叨叨重复那些被翻得露出黑白色的陈年旧事时我也会搬了木凳坐在离他稍远的地方。我们坐在被烟熏得看不到椽子本色的屋檐下，屋檐很低，被一根和椽子同样黑的柱子支撑，墙角还有堆放的竹篮，竹篮里还有杂物，有丢弃的帽子、铲子和鞋子，屋檐挂着用来装粮食的笸篮，一只鸡轻手轻脚地觅食，被突然伸出的一只脚吓得飞起来，发出夸张的叫声，所有一切都在夕阳西下的时光里显现出杂乱无章的状态。

似乎，父亲的思维也杂乱无章，他说的话没有头绪，也没有结尾。我希望他能快点说完那些不重要的话，然后切入正题，正题便是被他打碎的那个面盆，他势必要哭一场才可以。有时候甚至觉得那个被他打烂的面盆是幸福的，被他一次次提起，又一次次喋喋不休地诉说，甚至他诉说的言语在支配我听觉的中枢神经系统里已经锈迹斑斑，但他仍不罢休。或者那个破碎的面盆成全了他，他哭泣的并非是一个面盆，而是那只生病的猪，是地里枯黄的庄稼，是孩子的淘气，哭那几间低矮的房屋，所有他所看到的，让他感到伤悲的，都被那个被他打破的面盆一一收下。

奶奶在我一岁时就已过世，但在父亲的诉说里，我对奶奶有了模糊的了解。父亲说奶奶是大户人家的千金，极有修养；父亲说奶奶三寸金莲，走起路来如风一般；父亲说奶奶每次做饭剩一些盛到搪瓷缸子放到有余热的锅里，中午时候给姐姐吃；父亲说奶奶在病痛时疼得在床上打滚……

"你根本不知道你奶奶有多好。"父亲往往会拿这句话来结尾。我知道说完这句话的他也将从庭院移步至堂屋里的土炕上，他进屋的时候碰到了门框，又碰到了放置在地面上的小火炉。斜躺在炕上的他会时不时来一句"我要喝水"，以提醒我存在于他身旁的必要性。我一直觉得喝醉酒的他有"装"的嫌疑，但酒醒之后的他无论如何都不承认，说已经忘了昨天说过的话和做过的事。他也觉得酒后很难受，也想戒酒，但从来都没成功，戒酒不成，倒是戒了烟。这让母亲稍稍在心理上宽慰了一些，总觉得父亲比那些既抽烟又喝酒的男人稍好一些。

因为母亲和几个孩子的反对无效，父亲的酒量越来越好，猜拳的技艺也是日益精进，甚至有人要拜他为师，但他首先将几个孩子招至麾下，说要传本领。我们不以为然，其实在他教授之前早已学会，但为了不抹杀他眼里的希冀假装大惊小怪："啊，原来是这样出啊？""这个太难了，我可能学不会。"听到这样的言语他可能有小小的得意，用手摸一下秃了顶的头，然后笑。直到有一天我们所有人都有将他挑下马的经历。就如同我们陪他玩"牛九"牌的时候他起先会赢我们几把，但后面往往都会被翻盘。他似乎不相信眼前的事实，但发生的次数多了，也只好相信。他摸着谢了顶的头，说自己老了，快不行了。逐渐老去的他开始选择性地听母亲和孩子们的话。

"小姑姑，我俩划两拳吧？"小姑姑是他对我的称谓，跟着堂哥的孩子这样叫，我也习惯，答应得也干脆。逐渐老去的他时不时会向我发起挑战，有时他赢，有时我赢，他赢的时候笑得像小孩。

"小姑姑，我喝点酒可以吗？不多喝，就两杯。"他像个讨要糖果的孩子，似乎正在竭力地控制将要流出口的涎水，用讨好的眼神看着我。

"嗯，说话算数，就两杯，不能多喝。"他说好。似乎杯子里装满了珍馐美馔，那个饥饿的孩子闻到源源不断飘来的香味。

"小姑姑，有件事我要和你商量一下，你不能给你妈说我跟你讨酒喝了。"我笑，没想到有一日你还变成怕老婆的人了，记得以前喝完酒很威风啊，在家里大呼小叫，是绝对的权威，有一天居然成了胆小如鼠的人！

"我能再喝一杯吗？就一杯。"我知道他绝对会有这一出，果断拒绝。

我担心的不是我妈数落他，是担心他又开始哭那个发面盆，他抽抽搭搭地哭，声音顺着时间延展，可让我想起他穿了好几年的汗渍斑斑的衣服；想起我俩在省城西宁吃过的五元钱的馄饨；想起他为了盖两间像样的新房，冬天时守在只有一只狗的工地；想起他从高山顶上扛着装满麦捆的架子车小心翼翼地往山脚下走，因为渴，趴在沟渠里喝浑的水……我想我可能控制不了他哭泣的局面，甚至我和他对哭也极有可能。

"年轻的时候我确实喝了很多酒，你妈不开心，但我也控制不了自己，我酒后脾气也不好，所以还是很对不起你妈。说不定我要是少喝点酒，也就不会得这种病，我还可以多活几年，你们回来看我，我们划拳，你们喝酒，我喝水。"距离他跟我讨酒喝的两年之后，我再坐到他身旁的时候，他已经连一小杯的酒都不能喝了。他说此话的时候一直都带着浅浅的笑，他极力保持一种平静，似乎叙述一件与自己毫无关系的事情。可不知为什么，我却很担心他会突然失声痛哭。因为我分明感到隐蔽在他平静深处的难过和落寞。他一定是悲伤的，就如同我听到他的这番话之后忍不住哭泣一样。

母亲寸步不离守护他，他像个孩子般依赖母亲。在他离开前的一天我去看他，他羸弱不堪，欣喜，但责怪：你那么忙，怎么还跑来跑去的！我不说话，我们都沉默了很久。他不再絮絮叨叨地说，可能也没有力气说下去。坐了差不多四个时辰，我说我还得回去，得赶回西宁，他也不说话。我妈要出去送我，他不开心，说让她自己走，我又返回来坐在他身旁，他开始说话：

"那时候我的酒量还是好的，拳也好。"

"是的。"

"我打破了你奶奶的发面盆,我没承认。"

"我知道。"

"我走了给我烧个用炒面捏的发面盆,我回去还给你奶奶。"

"好。"我答应他。

这是他第一次说到发面盆的时候没有哭。他也许已经意识到自己要去另一边了,到了那边,他有大把的时间向奶奶解释有关发面盆的事。

父亲去世后每逢他的忌日,我们都回去祭奠他,我们拿着献给他的祭品,祭品中必然会有一瓶酒,我们点燃松香和烧纸,母亲就会将酒洒到柴火之上,火焰蹿得很高,她又绕着坟头将酒洒在父亲坟茔周围的土地上。

她嘴里念念有词:你想喝的话就喝上些吧,你的孩子们给你带了好酒,那时候我管你管不住,现在我也管不上你了,你想喝就喝吧,别吝啬,等喝完我们再给你送来。

就宛如父亲在世时两人商量晚饭吃什么一样来得自然。

从前慢

鸡

不知何故,一只母鸡在下着雨的清晨站在鸡舍里一声声撕扯着嗓子打鸣。

母亲惊慌失措。老人说母鸡打鸣一定是看见了不该见的东西,一定要将它的头剁下来才可以。但谁又能知道它究竟看见了什么,父亲不在家的日子,又有谁胆敢把它的头剁下来?

那只鸡已然忘记了自己的性别,我和母亲站在雨里都希望它能适时停下来,不要再让一种叫恐慌的情绪蔓延。但它听到隔壁家的公鸡打鸣声后又开始长吁短叹地哀嚎,一声声叫得不亦乐乎。

"要不你去把它抓下来,我们把它扣在竹篮下面?"母亲朝向我说。

我摇头,我敢抓一只凶恶的公鸡,但不敢去抓一只打鸣的母鸡。我们在雨里僵持,她藐视我的胆小,我将藐视反弹给她,并加以句号。

这场雨应该是秋后的一场细雨,不大,但密集、阴冷。圈舍里的母鸡都已经养肥了,有些等着宰杀,有些等着卖钱。卖钱的多,宰杀的寥寥无几。但在这个下雨的早晨这只等着卖钱的鸡不知道什么原因大发神经，瞬间就改变自己的命运。

当然，它们最终的命运是一样的，就像史铁生说的："死是一件无须乎着急去做的事，是一件无论怎样耽搁也不会错过了的事，一个必然会降临的日子。"

"要不你去把它抓下来，然后叫邻居帮着杀了，今晚就烧了吃。"母亲又一次怂恿我，我有些心动，但我还是不敢去抓它。我记住了老人们说过的那句话，这只鸡一定是看见了什么不该见的东西，它一定是一只神通广大的鸡。

大概母亲也和我有着类似的想法，于是两人都在心底祈祷这个发了一半神经的母鸡对自己的行为有所收敛。

我们三个在天微亮的早晨形成对峙，大概那只鸡看着眼前这两个人的怪异模样也是莫名惊讶。它"咕咕咕"地在鸡舍里乱窜，实际上我更担心的是它一旦再打鸣，满鸡舍的母鸡都跟着叫起来，那麻烦就大了，杀了之后吃都吃不完。

显然，我的担心是多余的，此鸡再也没打鸣。

母亲赶去上班，将我一人留在家里，守着这只打鸣的母鸡。

"要是那只鸡再打鸣你无论如何也要把它抓下来啊。"她走之前又一次郑重其事地叮嘱了我。

我没有答应，也没有反驳。

那只本应该被宰杀的母鸡在接下来的时间再没有打鸣，我又热切地希望它能在母亲在场的时候叫一声，就一声足矣。但没能达成所愿，它很快就被卖了。

那场雨下了很久，一直不停地下，眼及之处都是水，水也进到鸡舍里，浸透了南边的墙。有半面墙倒塌了，一些鸡就从倒塌的墙里跑出来，在泥地里捉一条条爬不动的蚯蚓。

还未倾倒的东面的墙上长出颜色奇异的蘑菇，有几只鸡围着蘑菇"叽叽咕咕"叫了半天，似乎在争论什么，有一只胆大的伸出头斜着身子用右眼看了一眼，绕过来又斜着身子用左眼看了一眼，大骇，就仰着脖颈叫起来，叫声像极了已经被卖出去的那只鸡的叫声。

我觉得那应该不是打鸣的声音，应该是被吓坏以后用来壮胆的声音，就如古时那些女扮男装的人，或为出行方便，或为行走江湖，总之就是故意压低了嗓音说话，似乎自己一出口就真的变成了男子汉。

但这只鸡未逃过被宰杀的命运，它发出怪异声音的时候父亲已经回来了，他听到它不好听的声音时就当着所有鸡的面把那只鸡杀了，没有片刻犹豫。

所有鸡大骇，但也都安稳了。

半月之后太阳露出头来，那些被捆好放在地里的庄稼有一部分长出了绿茵茵的小苗，有几只鸡跑去地里觅食。也有数只刚出蛋的小鸡跟在母鸡后面叽叽喳喳跑来跑去，模样甚是可爱。

我问站在旁边的爷爷："爷爷，我小时候可爱不？"

爷爷沉思良久，撂下一句话："猪小的时候也可爱！"

猫头鹰

猫头鹰并不是什么好鸟，尤其在农村。

我们时常将猫头鹰叫"咕咕猫"，大概是因为它的叫声接近这几个字的发音。

许是受了大人影响，一旦在暗夜里听到猫头鹰的叫声，就会被恐惧摄住心头。更不要说它落在自家房檐上叫个不停。

"撩烟哩，撩烟哩！你做啥里，我吃咕咕猫的肉哩。"这是我很小就学会的一首不知如何归类的短句,来自母亲那里。母亲告诉我如果猫头鹰夜半落在房檐上并发出诡异的叫声,就拿出火柴点燃扔向它,并念这几句话,很管用。

有一个下雨的夜晚,母亲亲力演绎,我也很快就学会。但那只猫头鹰没被这种行为吓到,它似是有满腔的热情和我们抗衡。

之后扑棱棱飞下庭院,似是逮到一只活物,然后离开。

我和母亲面面相觑,已经没有睡意。母亲有些忧伤,感觉要有什么不可预测的事情发生,我看着她忧伤的表情也生出忧伤。

父亲外出的日子我们心惊胆战地等待一件大事情的发生。听闻邻家又有猫头鹰光顾,并发出怪异的叫声,我猜想他们也都有了忧伤的表情。

在等待中,家里丢了一只鸡,屋后的白杨树被风刮断了枝条,地里的麦子被别人家的牛吃了。

"还有吧,你再想想?"母亲让我回忆。我说我上课走神,被老师叫起来罚站了。

"这还算吗?"母亲苦笑。她似乎希冀有比这更大点的事发生,好让她更容易忽略猫头鹰的叫声。

"不行,我得去寺里烧香,让神佛保佑我。"母亲终于还是下了决心,她在前面拿着清油,我在后面拿着烧纸,我们一高一低走着,沉默不语。似乎我在小小的时候就能洞见母亲的想法,知道什么时候该说话、什么时候不该说话。

她虔诚地点燃佛灯,嘴里念念有词,她磕头,我也磕头。

从庙里出来后,她终于欢喜了,她说没事了。她笑得很开心,我许久都没见过这般轻松的笑容。

但我不知道她将她的心事托靠给谁了,她说话那么小声,神会听得见吗?如果我想让成绩好一点,神会帮到我吗?

我的答案无从知晓，在心灵深处亦有了神的位置，我站在佛像面前会毕恭毕敬。

我的孩子长大后，他们从图片上看到猫头鹰毛茸茸的模样觉得可爱，虽然我将那首不知如何归类的短句记得依然清楚，但已无用武之地。

赛 虎

几乎那时候的狗都叫赛虎。但凡有一条狗在路上跑着，你唤它一声"赛虎"，没准它就会扭头看你。

我们家的狗也叫赛虎，是当时上大学的姐姐起的名，就觉得文化人了不起。后来她的文化在整个村庄里弥漫开来，每户人家的狗都被唤作"赛虎"，原本没有名的叫"赛虎"也无可厚非，但原本有了名字的"二黑""阿黄"也都改了名字。它们的主人统一叫它们"赛虎"，有些是男"赛虎"，有些是女"赛虎"，女"赛虎"又生出小"赛虎"，一时，整个村庄里的每一条狗似乎都变得凶猛无比，只要有一只"赛虎"在夜半叫起来，就有很多只"赛虎"随声附和。

后来姐姐告诉我她之所以给我家的狗起名叫赛虎，是因为她看了一部电影，电影上一条叫"赛虎"的狗勇猛无比，所以她就把它的名字借用过来，用在我家狗身上。没想到这一举措引起全村人的效仿，让一只只狗都变成"赛虎"，也真是难为了它们。你看，在墙根下夹着尾巴晒太阳的那只狗，哪里有一点点虎气，甚至连点狗气都没有，人们经过它旁边的时候它就低眉顺眼走开了，走出一段距离还是回头望，看是不是有人追过来了。如若看到有人在后面跟过来，它便一颠一颠地跑开。

但拴在家里的"赛虎"就不一样了，看到陌生人进来，就要狂吠一通，看一眼主人的脸，再扑向要进门的人，哪怕被脖子里的绳子卡得出不来声音，它还是要换个姿势再扑一次，直到听到主人用愠怒的声音向它大喝一声"赛虎"，它便蹲在角落里，呜咽几声，算是告一段落。

我家的赛虎与众多的赛虎有着一样的毛病，它初到我家时是一只刚刚断奶的小狗，按现在的话说就是萌萌哒。但萌萌哒的它也知道它所看见的这些人中谁最小，它只冲着我喊，用有着奶香味的声音朝我嚷嚷，我越是躲避它叫得越欢。但一只鸡跑过来的时候它又跑向我，嘴里发出呜咽声，急急地向我寻求庇护。在我成功地护它周全之后，它又冲着鸡叫。那只鸡很是莫名其妙，瞪着两只眼伸长脖子看这个突然来到它们中间的小家伙，它伸出嘴去啄食它，狗就被它吓倒了，慌乱地在地上打个滚跑了。它大概是藏到柜子后面了，任我千百遍地唤它，都不肯出来。

它许是分不清我是敌是友，但我已经喜欢上它了。愿意时时将它抱在怀里，或者我在前面跑，它在后面追，我很喜欢它跑着跑着被摔倒的模样，小小的身子杵倒在泥土里，无辜地站起来，用全身的力气抖动毛发，抖去沾染在身上的泥土，又开始撒了欢地跑。到后面索性倒在地上打滚，又抬起头打个喷嚏，看我是否理会它。大概，在内心深处也在和我博弈，看究竟谁是赢家，应该是它赢了，完胜。

赛虎长到三岁的时候家里来了一位客人，当时家里只有我一个人，我在阳光底下晒着麦草，从草房里一怀一怀地将草抱出来，平摊到阳光所能及的地面上。正当我灰头土脸抱着最后一捆麦草时，我听到门口有北京吉普停下来的声音。那时候我只见过北京吉普，所以无论怎样的车辆在我没看见它的全身之前我就认定那辆车肯定是北京吉普。我听到北京吉普停下来的声音，就放下抱在怀里的麦草，准备从门缝里看个究竟，那个人推开木门就进来了。他怕是没注意到我有些恐慌的表情，径直从平摊的麦草上穿过去，从一间屋子走到另一间屋子，在每一间屋子里停留片刻又走出来，看到站在赛虎跟前的我问："家里只有你一个人吗？"

我站到赛虎跟前的目的就是想让赛虎冲着他叫喊,但这家伙看着这个人的时候生出谄媚的样子,跳起来将两个双趾并拢,似是作揖。我瞪它一眼,它就夹着尾巴躲到我后面去了。反正无论我给它使怎样的眼色它都一副置若罔闻的样子,甚至扭过头不再看我。

也难怪,在人的世界里有一句叫"以貌取人"的成语,大概狗生也是如此。我家赛虎看见那人穿着干净的夹克,穿着牛仔裤,有微卷的浓密黑发时估计让它眼前一亮,它的世界里从未见过如此赏心悦目之人,所以对它露出的谄媚之举也是可以理解的,但你也不能表露得太过分呀,象征性地叫两声再停下来又有何不可?

到现在为止我都不知道那人进到我家干啥来了,我和我的赛虎立在他面前的时候就看到了他迷人的微笑和英俊的面孔,他从上衣口袋里拿出六颗糖,给了我五颗,给了赛虎一颗。他给我糖的时候我赶紧伸出手就接住了,给赛虎糖的时候赛虎跳起来很准确地接住了。我想如若他是一个敌人,我和我的赛虎估计早就跪拜在他的"糖衣炮弹"之下了。如果换到现在,就有包括我在内的父母教育孩子不要和陌生人说话,不接受陌生人馈赠的礼物,我同样也对我周遭的人时时提防,在提防陌生人的同时也提防熟悉的人,但往往防不胜防。

那个人给完糖果之后摸摸我的头又径直穿过麦草平铺的庭院走了,他甚至连再见都不说,我觉得他那么大一个人不说再见显得有些没礼貌,但如若他和我说再见,我肯定也不会和他说什么,因为那时候我还没学会说普通话,可能就会抿抿嘴笑笑低下头不语。

他走了,赛虎将糖果噙在嘴里不知如何是好,它吐出来又吃进去,最后就彻底吐出来了,站在边上的两只母鸡伸长脖子看异于麦草颜色的不明之物,伸出尖喙啄食两下也不管不顾了,我为那颗躺在泥土里的糖果惋惜了很久。

放在手心里的糖果用莹绿的糖纸包起来，看上去非常精致。我舍不得吃，我想等母亲回来向她讲述今天的奇遇，一个有着迷人微笑的大哥哥给了我和赛虎糖果就走了，什么话都没说，他要是说话就一定非常好听。

我将其中一颗糖果放到嘴里，香甜的味道就在口腔里弥漫开来，我抿一口就又吐出来包在糖纸里，在太阳落山之前我已经将第四颗糖果放进嘴里，并下定决心：这是最后一口。但我终究抵不过糖果对我的诱惑，在母亲回家之前把所有放在手心里的糖果都吃完了。我看着赛虎嚼过、被鸡啄食过的那颗糖果想着要不要用清水洗一下再包裹起来，但在最后一刻还是放弃了，我将它埋在院落里的一棵杏树下，过了一星期之后挖开看的时候它还是原来的模样。

我原本想和母亲讲述的奇遇记因为少了有力的证据而在心中搁置，赛虎也无法叙述它所见到的一切，只是我会无端想起那个有着阳光的午后，那个突然闯入我家的陌生人，他有着浓密微卷的发，有着迷人的微笑，赛虎看见他的时候露出谄媚的神色。想着想着，觉得他可能是一个神仙变的，他知道有一个小孩子是个馋嘴猫，他在某一天下凡来到人间，把一把糖果给了她，而作为动物的赛虎知道人所不知道的一切，它嗅到神仙的味道，所以打死也不朝着神仙叫唤，但神仙也不知赛虎不会吃糖，就白白浪费了一颗，原来神仙也有犯错误的时候。但神仙无所不能，为什么就不多给几颗糖果呢？

想着想着，我就会对母亲说："我们家曾经来过一个神仙。"我妈被我认真的表情逗笑了，她笑着叫我傻丫头。她可能不相信我给她说的话，可是我好想证实我说的都是真话啊，我一天天盼着神仙再来一次，每一次有车驶过门口，我都会跑出去看，但出去一次，失望一次，然后就彻底失望了。大概没有人相信我说的这一切。以至于到后来见到一个头发微卷的人就问他在二十岁左右的时候有没有去过一个叫甘沟的地方,有没有给过一个小女孩糖果。

他们都笑笑说没有。

老 牛

  我时常会去离家很远的泉里挑水,放几片树叶在水里,防止水从水桶里溢出来。有时我也会摘几片葵花叶子,葵花叶子面积较大,能更好地抑制水从铁桶泛到外面。

  但我水桶里的水往往只有多半桶,而我也走不了多远就要停下来缓一会儿,越缓越累,被扁担压得红肿的肩膀让整个身子歪向一边。我咬着牙前行,眼睁睁看着一同去挑水的人一个个都超过我。我望着她们轻快的背影,又将水桶里的水倒去三分之一。

  长大些,泉里的水慢慢干枯,如果要挑一担水就要早早候在泉边。母亲在凌晨五点的时候会挑着水桶出门,她总是第一个到泉边,趁着月光赶回来,没有月光的夜晚,她也能准时赶回来。

  每天早起,我都会看天,从一颗固定在天空中星星的亮度判断天气情况。我燃起麦草,母亲做出每日的粗茶淡饭。我们的日子简单而平凡,似乎总在复制,今日和昨日无区别,明日又是另一个今天。

  但在我长大的过程中,那眼曾经供给我们生活用水的泉水彻底干枯了。我经过它旁边的时候会看见在它的底部,在一汪看不清颜色的水中有许多蝌蚪游来游去,一只青蛙趴在台阶上"呱呱"叫着。我害怕青蛙,便绕着走了,走出四五步,再回头看时那只青蛙已经不见了。

  因为泉水干涸,多数人家赶着自家的骡子或马赶几公里的路程驮水吃。而我,则要赶着我家走路慢悠悠的老牛去驮水。驮队中我年龄最小，身材最矮，老牛最老，走得最慢，如此，我和牛都在驮队中形成了风景，与整个驮队很不协调。骡子或马走得快，脖子底下的铃铛发出清脆悦耳的声音，"叮铃，叮铃"很有节奏，它们蹄下轻尘飞扬，很快就和我拉开了距离。我扬起手里的木棍吓唬慢条斯理走着的牛，它摇着头拧着脖子，使了劲地往前赶，但很快又慢下来了。似乎走在前面的骡子或马是"嗒嗒"的秒针的速度，而它则是缓慢的分针的速度，它将每一步都踩得四平八稳，似乎它很早就领会了"佛系"一词的含义。

我看到它在地面踩出好看的脚印，害怕踩坏了，便绕着走。到后面连我都走不动的时候就会抓着它的尾巴借力，它的速度更慢了，可我不再举起木棍吓唬它。

我们要走过一条长长的河床裸露的河滩，河滩里有尖锐的或者被磨去棱角的石头。很多时候，那条河床裸露的河滩鲜见行人，寂静到有些可怕。没有流水的河滩大敞着嘴，像是跌倒的、苟延残喘的怪物。我总会听到除我们之外的脚步声，似乎就在我身后不紧不慢地跟着，我不停地回头，似乎在稍远的垭豁后面蹲着一大群鬼魅的东西对我虎视眈眈，不得已再次举起手里的木棍……

我将自己走得汗流浃背，走进黄昏，走到日落。于是，我不停扭头看垭豁离我越来越远，我和我的牛离家越来越近。它可能比我还累，粘在头上的毛发湿漉漉的，我伸出手摸它湿漉漉的头部，它伸出舌头舔舐我的手，舌尖上有些坚硬的倒刺刺痛了我，我又忍不住举起手要打它。

其实，我根本舍不得打它。它体积很大，而我很小，很少有那么大的牛会听这么小的人的话。很多时候人们还可以骑它，完全是把它当作了一匹马。除了速度慢一些之外，它时而也把自己当马看，主人把它放到什么位置，它就变成了什么。可它温顺，不如马的性子刚烈。但它看到一头心仪的母牛时会不管不顾走了，哪怕翻山越岭。根本将我的呵斥声当作空气,我只好尾随它。它好像也懂得献殷勤,在水草茂盛的地方停下来"哞哞"叫着,仰着头将粗犷的声音拖到最长化,也最大化。母牛对它的声音置若罔闻,我在心底里嘲笑它。直到母牛的主人拿起"抛儿"将大块的土块掷向它,它才极不情愿地离开,我又深一脚浅一脚地尾随它。

所以,我极不愿意放牛,多半都过着风吹雨淋的日子,就如《牧童》中描述的那般:"草铺横野六七里,笛弄晚风三四声。归来饱饭黄昏后,不脱蓑衣卧月明。"诗中描述的所有场景都在,唯独少了笛声。

它被卖出去的前一天学校放了暑假,我心想着又要和它相处整个假期,气不打一处来。但在第二天一早父亲就已找好了买家。父亲说它老了,已经干不动农活了。我很不理解父亲的说法,或者买家不了解我家的牛老去的事实吗?

体格庞大的它看到几个素未谋面的人似乎特别紧张,奋力向后退,似是要挣断束缚它的绳子,要从他们身边逃走。我走向它,它变得安静,我轻轻抚着它,看到它眼里的泪。买家看它的牙口,说它老了,要付更便宜的价格。他们和我爸将手埋在袖子里几经商量后达成一致。

被陌生人牵着的老牛使劲扯着缰绳,将尾巴高高竖起,它做出进攻的姿势。这在我的放牛生涯中从未出现过,父亲和我惊奇之余不由自主地呵斥它,它只好变得安静,"哞哞"叫着用缓慢的脚步走向河滩之外的"坪",父亲挖了满满一盆麻渣追出去喂它,它嗅了嗅并没有吃。我看着它走出我的视线,生平第一次感到有种东西要从生活里消失,而且再不会出现。

后面又陆陆续续买进两头牛,但已经记不清它们的模样。所以,自从它离开,我的世界再无牛。

雨

春天的村庄总是少雨，少之又少。自开春把麦子埋到泥土里，村庄的人开始期盼一场雨从空中落下。但有时风起云涌，以为山雨欲来，殊不知风云故弄玄虚。

没有雨的田野毫无色彩，眼光所及之处都是颓废，几株破土而出的小草在风里无精打采地面向阳光，每一天的阳光都是灼烈的，投射在植物的叶面上，叶面泛着除绿色之外的苍白。

突然有一日浓云密布，每一个人脸上都露出欣喜的表情，就连孩子都跟在大人后面，脚下撒了欢。人们开始收拾放在庭院里的东西，把一些不能让雨淋的东西都收到屋内。

几滴雨从空中落下，人们在内心深处奔走相告："要下雨了！"父亲拿个木凳坐在屋檐下等雨来，母亲站在厨房门口等雨来，我站在庭院里等从天而降的雨将自己淋湿。母亲还要检查院子里的排水口是不是畅通，她担心雨太大而排水不畅，如果那样，聚集的雨水上升到一个不能预知的高度，有可能会漫进屋内。

所有能想到的问题都想到了，所有能做的准备工作都做了，大家心照不宣地等一场雨来，企盼与忐忑如小鹿般在人们的胸腔里跳得甚是欢快。然而，落下来的雨点在空中还没有变得密实的时候就有阳光从云层后面穿透过来。父亲拿着木凳沉默着进了屋，母亲开始烧起麦草做一顿寡味的饭菜，我不知道自己该干什么，看着他们沉默的表情将一杯有着温度的熬茶端给父亲，他说他不渴。

春夏的雨金贵，尤其是在端午节前后麦子拔节生长时也还不来，妇女们将脚踩在没有麦苗的泥土之上，她们听到脚下泥土破碎的声音，看到低矮的麦苗已在孕育生命，看上去很不协调。她们将麦苗根部的杂草狠狠连根拔起，扔到很远的地方。她们看着远处即将落下的明晃晃的太阳，希望被一块黑云接住。她们希望早上起床的时候就听到淅淅沥沥的雨声，那样就可以拿了针线活叫几个大姑娘和小媳妇一起做女红，可以谈论那个还未出嫁的女孩的未婚夫，还谈论另一个村那个妖艳的女子。在有着雨的夜晚她们也可以睡得安稳，似乎雨声就能催眠一样，早上也可以睡一会儿懒觉，公婆也不会责备自己是个不勤快的女子。

她们期盼一场雨，盼到心里去了，就如同期盼长期在外的男人能回家，坐在炕头上和自己有说有笑地吃饭。虽然男人很少下地，他们只会颐指气使，但分别时间久了，来自男人的小嗔小恼也是愿意接受的。但很多时候总是事与愿违，外出务工的男人久久回不到家，她们也很难见到一场酣畅淋漓的雨水。

或者一场倾盆大雨就在麦收时节突然从天而降，那边刚打完雷，这边就有黑云翻滚而来，不怎么费力就有豆大的雨点噼里啪啦砸下来，有时候还裹挟着小颗粒的冰雹，人们还没来得及跑路雨水就已经灌满了衣服。

大雨也会将秋收的人们困在高高的山顶之上，没有人胆敢从淌着洪水的陡峭山路上回家，泥泞土路在湍急的水流之下处处都是陷阱，一不小心就会陷入一个看不见的黑洞，或者因为脚下湿滑而被带至沟里。

一个女子在雨里哭得惊天动地，她猜想她五岁的孩子可能已经被汇集的雨水裹挟着去了远方。那个孩子在雨落下来之前就已经跑了，是他母亲担心被雨淋就使唤他回家。

那个女人的哭声很快就被汹涌的雨声淹没了，雨像帘子一样在眼前铺开，夹杂着隆隆的雷声，黑暗来临，他们的世界早早地进入暮色。

他们只能等着雨停，然后看到太阳挂在西方的天空，一条瑰丽无比的彩虹挂在东边的天上。麦捆还横七竖八地躺在地里，脚踩在泥土上面再拔起来就成了小泥船。人们弃了原本要拉麦子的车子，赶着牛羊从高高的山坡往回赶，原本的土路已被冲出一条条深浅不一的沟壑，看上去狰狞可怖。

人人都在关心那个五岁的孩子，但他们的关心装在心里，他们不敢安慰一直哭泣的女子，他们尽量让自己的脚步更快些。

女子看到好端端站在自己面前的孩子，哭得比之前更凶猛，但站在她旁边的所有人都笑起来，露出洁白的牙齿。穿着被雨水浸透的衣服也不感觉到难受，比起在麦地里横七竖八躺着的麦捆，眼前这个五岁孩子的面容更让他们感到前所未有的欣喜。

雪

一场雪落下时，村庄就到了冬天。

村庄的冬天理应很闲，但雪下过好几场之后，打麦场上还有我家的麦捆。麦捆摞成的麦垛如勇士，高高屹立在打麦场的角落里。

冬天的白天很短，在稍微长一点的白天里别人已经将他们的麦子收进了粮仓。他们将不下雨的日子排得紧密，今天你家，明天他家，唯独没有我家。我们也习惯了等待，等到大家都碾完了，不用问，就轮到我家了。

可那年秋天的雨水很多，所以我家碾场的日子也就顺延了很多天，轮到我们碾场的时候也就到了冬天。父亲为了盖几间像样的房子出去干活，整个冬天都没有回来。

即便将日子等到了冬天，但母亲还是很开心，她想要的收获即便缓缓来迟，但已经紧锣密鼓地排上日程了。

可是那年冬天的雪也是比较多，母亲每晚睡觉前都要盯着天空看，看到十一点的时候雪还没落下来,但早上的时候整个世界又变白了。喜鹊在脱去枝叶的白杨树上大声地叫,麻雀在稍矮的堆积起来的枯树枝上"叽叽喳喳"地叫。还有狗叫声,还有猫叫声,还有圈里的牛叫声,勤快人家的烟囱已经冒出了青烟。这原本是一幅多么美丽的画面啊!冬天原本也应该是这样的,没有太多的喧嚣,只要给猫狗一点食物,给牛一些干草,它们很快就会停止叫声,并对主人摇起尾巴。

可是,母亲在有着雪的早晨比往日忧伤,她紧锁着眉头站在屋顶看东方的太阳。没有丝毫温度的太阳从东方升起来了,天气生冷,冷空气在空中又凝成了小小的雪花,飘飘扬扬落下。

虽然还有细小的雪花飘在空中,但天还是晴了。这对我们全家人来说是一个好消息。母亲率领众孩子去打麦场扫雪,拿着扫帚和竹篮以及平锨。冬天的雪轻盈,扫起来比较轻便。等扫不动的时候就用平锨铲到竹篮里,倒到旁边的树坑里。我们用冻得通红的双手快乐地劳动,直到将打麦场清扫干净,再将麦捆散开,平铺开来。

冬日的老鼠猖獗,它们肆无忌惮地从麦捆深处蹦跳出来,似是在挑衅。一只将军般昂首挺胸的公鸡在追逐一只逃窜的老鼠,我在心底里嘲笑自己没有一只鸡的胆量。原本躲藏在麦捆里的虫子的身体变得僵硬,它们早已死去。即便死去很久,也保持着当初死去的姿态。麻雀们在等一场饕餮盛宴,它们"叽叽喳喳"喊个不停,又在打麦场附近的矮墙上"扑棱棱"飞起来,又"扑棱棱"落下,似乎很早就失去了耐心。

冬天的日头除了没有温度,还在南山以南的山顶上快速地移动,拉着碌碡的驴低下头揽起一口混杂着麦子的麦草急切地嚼起来,它一口接着一口地吃,不得已,只能给它戴上箍嘴。

瘦骨嶙峋的驴,南山以南的太阳,脱去枝叶的白杨,远山的积雪,在我的村庄里形成单调又看似美丽的风景,碌碡接触地面,发出单调的

"吱扭"声，一声接着一声。

原本要去做女红的人们赶来帮忙，打麦场上的人一刻不停地忙碌着，热火朝天地追逐快速西沉的太阳，脸上留下蚯蚓般痕迹明显的汗水，原来，在冬季，也有不同于往日的酷热。

母亲的忧伤断断续续，那时候的她热切希望我们能有一个属于编制内的打麦场，可以堂而皇之地将麦垛放在一个地理位置相对好的地方，也能在没有雨的秋季将碾场的计划一天天排上日程。

"如果那样，至少，在冬天来临的时候就能做一些冬天真正应该做的事情。"她说。

风雪大衣

年轻时候的母亲很爱笑，在一群锄草的妇女中就数她的笑声最响亮。但在秋分时节，当她看见摆在橱窗里的风雪大衣时，她的笑容凝固了。

她觉得那是一件她梦寐以求的物品，她让商店的主任把衣服拿下来让她试上一试。商店的主任也是一女性，她穿着风雪大衣站在柜台里面卖风雪大衣，风雪大衣裹在她身上不是很好看，但成了招牌，人们已经混淆了好看与不好看的标准，只知道有一件风雪大衣的人是值得羡慕的。

商店里的主任说虽然才到初秋，但在柜台里面已经很冷了。

母亲觉得这天气原本不冷，但经她一说就真的冷了。

霜降时节，发了工资的母亲在医院同事的怂恿下买了五元钱的鱼，五元钱可以买一大箱子冻鱼，但她不敢带回家，她怕父亲责备。她每天两条两条往家带。鱼只在开水里煮一下，香味就在屋子里弥漫开来。一家人将白水煮的鱼吃得津津有味时，她还在惦念橱窗里的风雪大衣。

"昨日去看的时候就只剩两件了,如若被别人买走一件就只剩一件了,如若再买走一件,就没有了。"她暗暗思忖。

后来,母亲又拿出十元钱买了过冬的煤,她买了几尺花布,买了几斤棉花做过冬的衣服,她称了两斤梨去看了一个病人,父亲又买了两盒饼干去参加了一个人的葬礼。母亲手里的钱越来越少,可眼看着冬天就要来了,风雪满坪的日子一天天临近。

母亲又跑去看橱窗里的风雪大衣,果真只剩下一件了。店里的主任看到母亲走进来就从高高的衣架上拿下来让她试穿。母亲试穿已经不下三次,但她还是很乐意试穿,她说这风雪大衣的里料真好,是棉布的,外面的料真好,是涤卡的,就连纽扣都是深蓝色的,看上去又大方又均匀。母亲把风雪大衣里里外外夸完之后就又脱下来还给主任。在母亲出门的那一刻主任说大衣就只剩下最后一件了,再不进新货了。母亲的心就在深秋的季节里打了个寒战。

母亲颓然转身,买不起,真的买不起。如若买了风雪大衣,整个冬天就要喝西北风了。她又不敢向父亲表明自己想买一件风雪大衣的想法,她害怕父亲骂她矫情,一件风雪大衣的价格高过一头年猪的价格,谅是谁,谁都不会同意。

但她还是想要啊,每年冬天她都要从北风凌厉的坪上走一段长长的路去乡医院。她觉得冬天漫长,是四季中最漫长的一个季节。她浑身上下都觉得冷,她呼出的白气凝结在眼睛上成了霜,风在敞开的坪上四下流窜,从裤脚一直钻到脖颈,即便她缩着脖子走路也是无济于事。她觉得手冷,脚冷,浑身上下都冷。

"有了风雪大衣就不一样了,虽然手脚还是冷,但身体是暖的,心也是暖的。"当她想到一件风雪大衣披在她身上的模样时,她禁不住笑了。她的笑容真好看,就像冬天的太阳,在冒着风雪的坪上生出暖意。

冬天过去一半时，母亲又发了一个月的工资，她想着橱窗的风雪大衣会不会降价。如果降价，说不定她狠狠心也就真的可以买下来。

她大模大样地进到商店里，这一次是有备而来，不用再如以前低微了。可她进去的时候全然不见了大衣的影子，她恐慌地面向商店的主任：大衣呢？

显然，大衣被别人买走了。

母亲尽量装作无所谓的样子，向商店主任露出微笑，但她笑着笑着就哭了，眼泪如同开闸的水库。

她红肿着眼睛回家，父亲问其原因，她哽咽着说商店里的风雪大衣被别人买走了，买走了啊！说完这句话她又开始哭，父亲手足无措，不知如何安慰哭得不能自已的她。最后郑重其事地向她保证：你别哭了，我后天无论如何都给你买一件风雪大衣。

母亲不再哭泣，但也对父亲说的话保持相当的怀疑。她想起商店里高处的衣架上空空如也，不禁悲从中来。

父亲第二天一早就离了家，第三天晚上果然拿着一件风雪大衣回来了，他进门的时候声音比平常高了八度。他说他花了三个小时的时间走捷路到另外一个乡镇，在那里坐一元钱的班车去了县城，买完风雪大衣后按原路返回。他说他省了四元钱。他让母亲放下拿在手里的饭碗，先试衣服。

母亲穿着属于她的衣服在一面小小的镜子前转了又转，她喜形于色，在有着炉火的屋里穿着大衣吃了一顿饭。她顺便想起商店主任说的那句话：虽然是初秋，但在柜台里面已经很冷了。她想商店里的主任肯定说了一半的谎言。但谎言有时也好听，就如此时的她想告诉我们：虽然屋内生了炉火，但不怎么热。

母亲开始期盼一个风雪满坪的时节，但她每天早起抬头看的时候就会看见红彤彤的太阳从东方升起,即便这样,她还是穿着大衣上班,只是心底里觉得对不起大衣中包含的"风雪"俩字。

但又有什么关系呢?在春天之前,风雪总是要来一次的。

如果不来,也没有关系啊。

洋 芋

由于土地贫瘠,所以每年春耕时都要倒茬,今年种完麦子,明年就有可能种豌豆,今年若是种洋芋,明年就种麦子,再比如胡麻、油菜之类的,要合理安排才可以。但总体上种麦子的亩数要大过种其他农作物的亩数,且比重大过不少。

如此,种洋芋的土地大概有几分地,绝不会超过一亩。麦子可以拿去交公粮,粮站还会返一些钱回来,往往最好的麦子都会拿去上粮,但多半都是二等粮、三等粮,几乎没有一等粮,除非你在粮站有认识的人。如果你在粮站认识人,原本看上去不合格而被拒绝的粮食同样可以倒进粮站的仓库里,可以面向那些被拒绝的愁眉苦脸的人们露出侥幸的笑脸。

但我父亲从来都没认识过一个粮站的人,他巴结人的方式有一种我是见过的,从外面买几个梨回来,放进一个人的怀里,点头哈腰地说:主任,你吃梨,解解渴。实际上我也很渴,但他没有顾及我的感受。后来我姐姐的一个同学分配到粮站,当姐姐在家里散布此消息时我替父亲开心了一下,但没过多久,父亲便说国家免除了农民给国家上粮的义务,我有些失落,但我看到父亲脸上比征粮时获得一等粮还要开心的笑容。又没过多久,粮站也不存在了,一直以来我都没看到姐姐的同学长什么样,不知他有没有在他的岗位上收到别人谄媚的笑和送来的梨。

种洋芋的地离家不会太远，不会种在坪上，坪上地里全是碎石，我跟在犁地的父亲身后，把一篮一篮的石头倒在地边。但这样的行为似乎并没有成效，看上去地里种了石头，它们不停地长出来，犁铧行走的时候就会听到"咔哒咔哒"的声音，大一点的石头还会把犁铧碰出一个豁口来。拉犁的老牛也跟着吃力，汗水会从毛发里渗出来。

但有一年坪上还是种了洋芋，我从窖里将剩余不多的洋芋一篮篮拾出来，母亲专挑小的洋芋切，用菜刀将它们分割成大小不一的块状物，每一个小块上都会有一个苗眼。再撒上草木灰，将洋芋种子晾晒在风里，第二天的时候就拉着牛车去播种。那一年父亲不在家，母亲便央求邻居帮忙，母亲在我面前一粒一粒撒着种子，我用木榔头敲击地里的大土块，很多时候我会敲在石头上，手间虎口就会隐隐作痛。

洋芋在坪上生根发芽，和别人地里的洋芋苗有着明显的差别。我和母亲并排蹲在地里锄草的时候就听到她的叹息声：唉，要是你爸在就好了，可以把洋芋种到阳坡下面的地里。她说的阳坡下面的地里去年种了麦子，土壤比坪上的要厚实些，没有那么多的石头，可惜坡路有些陡，拿洋芋种子很费劲。

"你爸要是知道我在坪上种了洋芋，可能会埋怨我。"母亲又惆怅地说。

坪上地里的洋芋苗长势不好，但有好多冰草冒出来，冰草叶上有着细小的锯齿，一不小心会伤到手指。冰草根部还有大大的白色虫蛹，母亲会把那些虫蛹捡拾起来放到木篮子里，扔给圈舍里的鸡吃。

"要是不捡走，这些虫子会吃洋芋的。"不管做什么，母亲总是喜欢给出解释。

我对母亲的解释毫无兴趣，我真的不愿意在田里干活，即便我干的活不及母亲的十分之一，我同样也要面对炙热的太阳，要面对突然奔袭而来的大蚰蜒；我的手也会打出水疱，夜晚时候浸出血水，生生地痛。可是我看见母亲忧伤的表情时，又非常愿意分担她的工作，直到她的脸上生出笑容来。

坪上的洋芋慢条斯理地成长，花朵开出三种颜色，母亲在雨里撒着化肥，化肥以抛物线的姿势落在泥土上，消融在雨水里。过几日，洋芋的叶片就有了亮光。我用镰刀割下洋芋叶子，给牛吃，牛吃得津津有味，给猪吃，猪吃得"乓乓"作响，剁碎拌上麸子给鸡吃，鸡衔起一口就跑，撒得满院子都是。

我蹲在洋芋树下找裂开的缝，用铲子小心翼翼地探寻，裂缝下面必然有一个白白嫩嫩的洋芋，我将它们装进篮子里，再将之前挖开的地方用泥土填满。这个时节的洋芋最好的吃法是炒洋芋片，而不是洋芋丝。或者放到炉灶里烧着吃。

但母亲不会听我的建议，她会把洋芋切成块放进烧开的水里，再把面条也放进去，有时候会用胡麻油炝一些蒜苗，更多时候就是清水白面。很多时候洋芋多，面少，如果洋芋煮得软烂，自然好吃，但新洋芋很难煮绵，所以每次吃完面条碗底会剩许多洋芋，而母亲的碗底剩下的都是面条，我们将碗换过来吃，根本不嫌弃。

坪上的洋芋在花开满地后，叶片就会在阳光里逐渐枯去，国庆期间就是挖洋芋的最好时机。很多大人就会掰着指头等国庆假期，家里劳力多的早早就把洋芋挖完了，然后窖藏。我们家不行，我妈肯定期盼我在地里给她帮忙。那时候国庆假期只有四天，但因为要在地里劳作，四天时间显得漫长无比，每一天都在煎熬。我们在偌大的地里缓慢地移动，洋芋的枝叶早已枯萎，挖出来的洋芋不多也不大，但任何一棵看得见的枝叶都不想放过，用脚使劲地踩踏一把比自己长得还高的铁锹，听到石头碰到铁锹的声音，短促而干脆，有时还听到铁锹切开洋芋的声音，清脆刺耳，被切开的洋芋一定很大。但切开之后就变小了。

我们把大一点的洋芋挑拣并窖藏，不及窖容积的三分之一，再挑选一遍，刻度又长高一些，再在剩下的洋芋里挑大的，勉强到了窖容积总量的二分之一。那些小而又小的洋芋堆在墙根准备给猪吃，煮熟了给鸡吃。

那一年学校要交两元四角的书本费，那一年母亲的偏头痛频繁发作，为盖三间松木房子而出去挣钱的父亲很久都不曾回来。学校的校长说如果家里没有钱，可以用洋芋来抵学费，一斤洋芋一角钱，多退少补。

我很难和犯了偏头痛的母亲开口要钱，也很难和老师拖欠书费。

我挑最大的洋芋放到篮子里，用绳子拉上来，再将洋芋倒进提前放到平板车上的麻袋里。我一次次重复这样的动作，直到装满两麻袋，并用绳子五花大绑。我用平板车将洋芋推到学校里时我的老师和同学们正在偌大的广场上做广播体操，于是我成了他们眼中的风景，老师忘记了喊口令，同学们忘了伸胳膊踢腿。他们都围拢过来看我狼狈的模样，有人跑过来帮我推车，更多的人跑来帮我推车。称重后，我从老师手里接过多出的三元两角，用两角钱买了大板瓜子，剩下的三元交给母亲，母亲热泪盈眶，又返给我五角。

父亲终于在第二个冬天之前赶回来了，和他一起回来的还有一卡车煤，算是他对出门一年在外的行为有了交代。母亲有半天没和他说话，但依然炒了洋芋丝给他吃，炒洋芋丝的时候放了很多油。

父亲不知道母亲在坪上种了洋芋，我和母亲都没有告诉他。母亲并没有提醒我替她保守秘密，但我知道我应该怎么做。

开春时候父亲说播种要倒茬，坪上去年种了洋芋，今年就种麦子。他的这句话被母亲听到了，因此父亲很不好意思。

秋 千

著名南宋女词人李清照曾在她的一首词中写道：蹴罢秋千，起来慵整纤纤手。露浓花瘦，薄汗轻衣透。见客入来，袜划金钗溜，和羞走。倚门回首，却把青梅嗅。

一副女子柔若无骨的娇媚神态跃然纸上，想必那个"客入来"的可能是她未来丈夫赵明诚。赵公子见到自己的意中人香汗淋漓，倚门回首，禁不住心神动荡，那个整日里与石头为伴的人，终于知道"金石为开"是什么意思了。而此处"金石为开"俨然不是因为才女的"精诚所至"。试想一种场景，漂亮又才情四溢的清照眼里满是飞星，假装嗔怪，欲语还休，明明想和赵公子打个照面，却侧过身拿起青梅，此时，心早已不在青梅上。赵公子何等聪明，欠了欠身，侧脸过去，接住才女那一道飞来的、无影无踪的惊鸿一瞥！如果再往长远里想，这秋千便成了他俩姻缘的"红线"。"千里姻缘一线牵"，而秋千上是两根粗壮的绳子，比那纤细的线绳要结实得多。也难怪他俩在往后日子里你侬我侬，惺惺相惜。在见不到赵公子的时光里便有了绝世佳句：莫道不消魂，帘卷西风，人比黄花瘦！

而在我的家乡，在青海省民和县一个偏远的小山村里，人们也荡秋千。可荡秋千的时令是在北风刺骨的冬天。当一场沸沸扬扬的大雪从山那边一路蔓延过来，掩盖了远处的山、近处的田野和周边的村舍，忙了一季的人们脱下疲惫，坐在炕头上喝茶，聊天。他们谈论一年的收成，谈论谁家的尕娃大了，和谁家的姑娘般配……腊八一过，村里的人又为"年"忙碌起来，他们思谋着要办什么年货，悉数春节时期的必备品：粉条两斤、两响炮十个、洋糖一斤、固体酱油一块、洋蒜六斤，称几斤肉，再买几斤酒，年货算是备齐了。家里的妇女为"年"做着准备，从送灶王爷那天起，她们便要炸油馍馍、蒸馒头、剁萝卜、炝酸菜……热气腾腾的灶房里琳琅满目，就只为等那一场盛大的节日来临。我也是期盼的，除了盼望大年夜的两颗糖和一盘粉条炒肉外，我更期盼村头立在打麦场上那两根高耸入云的木桩上的秋千。

木桩是从腊月初八开始立起来的，而冻实的地面则需要好几日前就煨火解冻。腊八的早晨，吃过早饭，村里的人们穿着臃肿的棉袄、棉裤倾巢而出。他们分工明确，年轻人挖坑，老年人煨桑、烧香、化缘。从各家各户收来清油和杂面，在打麦场中央支起大锅，锅下架起柴火，将锅里的水烧沸，打上油搅团，上敬天，下敬地，再敬先人……老者口中念念有词，祈祷风调雨顺，祈祷家畜平安，祈祷五谷丰登，再祈祷家庭和睦，末了祈祷好姑娘嫁到好人家，好小伙找到好姑娘，最后大家分食锅里的搅团，皆大欢喜。

那些年轻的后生使出浑身解数将两根木桩竖立在空旷的打麦场上，攀着木梯一直往上爬，那些掩藏在衣服里的腱子肉呼之欲出。他在别人艳羡的目光中爬到木桩顶端，将绳子系牢实，哧溜一下滑到底部，再去系第二根绳子。

接下来，该是主角出场的时候，那些年轻的、活泼的、善良的、已婚的、未婚的大姑娘、小媳妇们悉数登场，在绑得结实的秋千上一试身手。就连小一些的孩子也要坐在绳子挽成的疙瘩上，让大人推着送到半空中。

那个被推着送到半空的孩子，想象自己是一个长了翅膀的天使，在秋千来回间翩然起舞；想象自己是一只快乐的小鸟，和着耀眼的阳光和凌厉的北风，荡到最高处，又极速地滑落。闭上眼睛，她就是一艘过了千山万水的小舟，是一匹悠闲的小马儿，啃食田野的青草，父亲用他宽大的手掌将她轻轻送出，又等待归来……

家乡荡秋千的风俗由来已久，以女性为主角，猜想荡秋千是为犒劳那些整日里忙碌的女性。她们整年不得清闲，洗衣、做饭、干农活，即便在阴雨天和几个女子相约在谁家见面聊天，手里也是拿着"针线"，一刻不停歇。于是一个家庭被她们打理得井井有条，过年时让孩子们穿上新衣服，而自己仍然是旧时的行头打扮。所以，家乡荡秋千的风俗亦如唐朝寒食节时的"半仙游戏"，是给予她们某种意义上的奖励。她们亦可偷得半日闲，在"年"期间，忙碌的年轻女子抽空从厨房跑出来，跑向打麦场中央，随着秋千的起伏，还有清脆的笑声，那笑声在空中随着风的速度飘出很远，感觉那时的她就是天底下最开心的女子。

荡秋千的活动从腊月初八开始，一直持续到正月十五，在这期间，打麦场上人影绰绰，那些年轻的女性有着极其优厚的待遇，宛如一个个指手画脚的公主，似是把全部的江山都给了她们。她们喜笑颜开，在秋千上一次次飞上云端，抬头看星月明媚，看每家每户都挂着大红灯笼，时不时响起一两声鸣炮声，夹杂着孩子们嬉笑的声音也将荡秋千的活动推向了高潮。

真正的高潮当数正月十五晚上。每家每户吃过饺子，在门口堆放柴火，柴火堆有六个的，也有十二个的，大概是看个人喜好。以间隔相等的距离排列着，静等主人点燃。主人还需用麦草绑一个结实的火把，让家里年轻的"劳力"手持火把。

女人一个个点燃草堆，火一下蹿得老高，家里的每个人悉数从火堆上跳过去。这一跳，意味着病消灾散，来年风调雨顺，五谷丰登；意味着家庭和睦，身体康健，家业兴旺。手持火把的年轻人用火把将草堆从一个方向推至一起，火把也便噼里啪啦燃起来，年轻人朝着山的高地跑去。

如果你站在地势稍低的平地上，就会看见漫山遍野红色的火蛇向一个方向聚拢，那一场聚集起来的大火足以映红半边天空。

鞭炮声震耳欲聋，此起彼伏。那些洗完锅的女子和送完火把的年轻后生又都回到了打麦场上，回到秋千旁边。他们几乎站满了整个打麦场。

一轮明月从东方冉冉升起，洒下清辉，那些年轻的女性一个个排队等候，只为在正月十五晚上荡一次秋千，再在云端处做一次公主。过了十五晚上的十二点，这一茬秋千就要落下帷幕，她们也将恢复旧时繁忙的角色，开始要为一年一度的春耕做准备。所以，她们分外珍惜十五晚上荡秋千的机会，哪怕只在秋千的绳子上小站一会儿也是心满意足的。

那些年轻的后生已经在寒风里等不及了，他们跃跃欲试，要将深埋在泥土下面的木桩连根拔起，这也是他们一试身手的好时机，似乎也在炫耀那一身呼之欲出的腱子肉。

一年一季的秋千在众人的吆喝声中被拆解，女子们恋恋不舍地往家赶，心被什么抽干了一样，半天都不能从那种美丽的意境中回过神来。和秋千一起落下帷幕的还有每家每户高高挂起的红灯笼，那些灯笼里面的灯火在午夜时分熄灭，被主人从房檐拿下，堆放在柴房一隅。或许到了明年，它还会有一季生命，但在今年注定它将是灰头土脸度过余生。

端 午

晨曦微起，漫山遍野的艾叶叶片泛着银色，发着青草的香味。彩云拿着镰刀飞快地将它们卷进刀刃下，伴随着"嚓嚓嚓"的声音，一背篓艾叶很快就割好了。

她要把割好的艾叶晒干，再把晒干了的叶片收集起来，等母亲头风发作时点燃艾叶，满屋子飘着的奇异味道会减轻些母亲的疼痛感。

很多年了，母亲的头风依然不见好。于是，每年夏天的时候她会收集这些艾叶，好让母亲在冬天时好挼一些。

早上的艾叶因为沾了露水而变得沉重些，但她不觉累。

回家后她又拾掇了房屋，将庭院打扫干净。命令弟弟妹妹去庄廊边的柳树上砍下柳梢，并安插在房梁上。

顿时，家里就有了端午节时的喜庆气氛。

庭院里的荷包花、牡丹都已经开了。好久都不下雨了，花儿已经露出倦怠的神色。她一勺一勺地给院里的花儿们浇水，并在心里默默记着数：荷包花两勺、牡丹三勺、向日葵三勺、菊花也逐个浇了……

彩云很快又出现在山间的小路上担着两个水桶左右摇晃。她得使劲赶，否则泉里的水被更勤快的人担去，她就得在日头底下等着，一个小时，或两个小时，不得而知。

这要是以往还可以，和别的小伙伴们一起聊聊天、抓抓石子什么的，也就过去了。可今天不行，今天是端午节，她的婆家要给她送节礼，她要赶在他们来之前就要进到厨房。否则，自己担着水桶左右摇晃的模样被婆家人看到，传出去羞死人了。

这样想的时候，彩云便加快了步伐，水桶伴着她的步伐"吱扭，吱扭"响不停。那个用来吃水的泉很远，走一段平路，得走一段坡路，还得走一段弯路。有时候担着两桶水就得在半路上缓好多次。

可今天不行，无论如何我得赶在他们前面。这样想的时候她一路小跑，心里居然有一点小小的兴奋、一些小小的期待。那些欲语还休的小羞涩，不觉间让她在脸颊飞起了两朵红晕。她把一缕俏皮的发梢别到耳朵后面，暗暗骂一句：不害臊！

据说小满在那个有军马场的地方当着兵，今年的这个节礼他肯定是来不了。来了又能怎样？彩云可没那个胆子去屋里给他们添茶，从门缝里偷偷看一眼也似乎犯了大忌般面红耳赤。

彩云记得自己在小小的时候被奶奶领着去看社火，在小满家住了一宿，她还和小满一起抢吃小满家的酸梨。小满的奶奶看着彩云粗黑的发辫，不停地说：这丫头挺好，这丫头挺好。后来就莫名其妙被订了婚约。在学校里有几个孩子跟在她后面动不动就起哄：你看，那是小满的媳妇。然后，彩云就不去学校了。

彩云担着满满两桶水，再在上面放几片叶片。放叶片的目的是不让水从桶里溢出来。她走到家门口的时候，就听见喜鹊在门口的核桃树上扯着嗓门叽叽喳喳大喊。

果然是要来客人了，不知道今天的节礼他们会拿什么来？

彩云蹲在灶火门上，往里添着柴火。就听到一阵清脆的叮当声由远及近，那应该是小满家的那头骡子的脖铃。

父母亲都出去迎接了，彩云的头更低了。

"恐怕小满已经是城里人了！"这样想的时候，彩云有些忧虑。但她又记住了小满奶奶捎过来的一句话：小满的事情都是我做主，他胆敢说不要彩云，我打断他的腿！

"两包茯茶、六把扣线、一件汗衫、一盒雪花膏、十个馒头，还有五十元钱。"彩云听到媒人断断续续交代的声音。嘻嘻，雪花膏，那可是彩云梦寐以求的东西，搽在脸上皮肤会变白，而且还很香。

母亲从蒸笼里拿出六个油饼放到碟子里，说："彩云，这次他们家送的节礼很好，小满也来了，估计年前就要娶你过门的。"

啊？小满也来了？他不是在军马场当兵吗？他怎么也来了？彩云转过身望向灶房门，除了一只猫拱着身跳进来，什么也没看见。

唉，即便他来了又能怎样，我又不能见他。

日头过了中午，小满他们要动身回去了，彩云依然在厨房的板凳上坐着，似乎她的命运就和那凳子绑在了一起。

突然，一个身影闯进来，是小满。小满进来和她要水，他说："哎，给些水吧？给我家牲口喝些，要不到半路走不动。"

彩云起初还想躲，但厨房里除了她再空无一人，她舀了满满一盆水硬着头皮递给小满。偷偷斜睨小满一眼，小满正咧开嘴看着她笑。

一束从天窗里散落下来的光亮照在小满脸上，彩云看到小满的牙齿白得发亮。彩云的心如同被鹿撞得失去了方向。

七月的时候就收到小满殉职的消息，在人多的屋子里彩云强忍着泪水，她害怕别人笑话她。但在那个小满家的骡子留下清脆铃声的山坳里，彩云哭得上气不接下气。

她在心里骂道：小满，你这个冤家，你的牙齿为什么那么白！

旧庄廓

母亲给乡里写了一封声情并茂的信，言称一家六口所住房屋年久失修，已成危房，牛圈、猪圈什么的都不用说了，万一有人踩踏上去，就有可能掉落圈中，所以不敢去试。更甚者，只要一下雨，雨水就从老鼠洞蜂拥而至，看上去很恐怖。

乡里很快就给了回复，同意我们一家搬迁到相对安全的地方。

这对我们是个好消息，意味着我们终于可以离开那座原本建在小山坡上的家，家里有石头砌成的高高的台阶，庄廓中间有一个小得不能再小的花园，花园里种一棵干柴牡丹、几棵菊花，还种几棵用来染指甲的凤仙花，有时候会有鸟落下啄食凤仙花蕊，被眼尖的我赶走。

我在老庄廓生活到七岁，印象最深刻的是六岁的一个傍晚家里通电了，电灯泡亮晃晃的很不习惯，将房顶乌黑的木头照出亮光。我盯着灯泡里的钨丝看了好久，然后看向别处，眼前显出黑乎乎一片。父亲急于拉灭灯泡，说费电也费钱。我说我还想写会儿作业，我说我还想看会儿书，我说我头有些疼，还想喝杯水，晚上醒来，我说想上厕所，要姐姐打开灯，跳下床站了一会儿，我又说不想上了。过一会儿灯又亮了，姐姐说她想上厕所……

老庄廓里有一窝蜂，原本和家里人互不侵扰，相安无事有两年。但长大之后的孩子聚集在一起就一定要干一些匪夷所思的事情。于是，趁大人不在，大一点的孩子给小一点的孩子做了斗篷，戴了凉帽，唆使他们把蜜蜂窝用棍子捣出来，还说不然时间一久蜜蜂极有可能出来蜇人，也算是为家除害。几个小的穿上斗篷、戴上凉帽就成了威风凛凛的勇士，都要抢着去。我第一个上，但因为个子太小、棍子太短而败下阵来，然后是哥哥，不知为何，还没到蜂跟前就被绊了一跤，然后也哭着回来了。轮到另外一个哥哥出场，他说他保准成功，如果蜂窝里有蜂蜜就一定分给大家吃。他蹑手蹑脚向前，如学了功夫的武士，但他把棍子捣向蜂窝的时候，自己惨叫一声就先倒下了。躲在门背后看他的人都慌了神，赶过去将他扶起来，连拖带拽到屋子里，就看见他右眼上还有蜜蜂蜇的尖刺，姐姐将尖刺拔下来，又去花园摘几片菜叶嚼出汁水敷在蜜蜂叮过的地方。哥哥还在哭，他眼睛原本就小，被蜜蜂一蜇就连缝都没有了。从此，蜜蜂与人和平共处，直到老庄廓搬迁之后被邻居与坪上的土地更换，成为他的牛圈。

老庄廓的周围都是杏树，杏花开的时候庄廓周围都是香的，杏花的颜色也不尽相同，甜杏的花朵偏粉，苦杏的花朵偏白，所以有时候看见别人家的杏花，我会告诉身旁的人那棵树上结的是甜杏还是苦杏，判断很准。杏子成熟的时候，庄廓北面的墙就被黄澄澄的杏子点缀了。你只要站在屋顶，伸出手就可以够到树枝上的杏子。先从最大最黄最好吃的杏子吃起，到最后原本有点涩的杏子也好吃起来。杏树上还有木胶，一块一块凝聚成琥珀状。我们用菜刀将树胶砍下来，小锅里放点水再放树胶，煮成胶水，可以粘住被自己撕破的书和本子。

后来，那些杏树有的成了盖房子的椽子，多半被劈成木签，被放在新盖房子的最底层，一抬头就能看得见。还有的成了柴火，有着树胶的杏木燃起来很旺盛，噼里啪啦地响，溅起火星。

老庄廓因为在一个小坡上，所以整个庄廓墙都不规则，高的高，低的低。高的地方搭了梯子都够不着，低的地方我都能翻过去。所以，从记事起我就担忧，担心有坏人从低的地方翻进来，拿走家里的东西，这样的思想困扰了很长时间，当父亲母亲睡得安稳时我还在竖起耳朵听外面的响动，常常把自己吓得满头大汗，虽然我所担忧的事情从来没有发生，但我建议母亲把我家的狗拴到墙低的地方，母亲也听从了我的意见，但听到狗叫声，我照样害怕。

实在是无法描述老庄廓参差不齐的墙，三间正房被石头堆砌的台阶托得高高在上，站在正屋门口的人和小房的屋顶在同一水平线上。只要一迈腿就能上到小房的屋顶。我很多次在暮色里站到小房的屋顶往坪的方向张望，期待下班回家的母亲出现在我的视野里，只要看见她的身影出现在我的视线里，我就会疯了般撒欢地跑，接过挂在她肩上的包，满心欢喜地拉着她的手，同时也期待她口袋里的水果糖。

小房就是母亲申请书中所提及的牛羊的圈舍，虽然父亲曾警告不要在房顶上行走，但我仗着自己重量又轻又受宠的原因，不止一次踏上小房的屋顶期待下班回家的母亲，所以母亲申请书上有一部分内容是不翔实的。

现在想想，老庄廓所在的那个拥挤又贫瘠的家其实也蛮热闹的，雨后牛羊踩踏的小坑里会冒出一个个水泡；鸡舍里会长出蘑菇；猪把圈门拱下来，满院子地跑，还时不时用嘴将地面拱出坑；我拿着棍子追着它们跑，有时候也会上脚。庄廓墙的顶端会长满草，草的顶端会长出透明的须子，那种子肯定是喜鹊衔来遗漏在墙缝隙里的。鸟会落在墙头上鸣叫，包括半夜闯入的猫头鹰。母鸡会发神经般地学公鸡打鸣。我看见一个鬼一样的东西在炕柜的上方，将姐姐吓得不敢睡觉。看书的姐姐打翻油灯点燃被子，被子放在小而又小的花园上，像星星一样燃烧。一头牛闯进仓库里，将粮食吃了又吃，父亲拿下戴在他头上的帽子打在我头上，我看着他哭。杏子会掉落院中，虫子钻进去又爬出来。我坐在门槛上看小人书，被别人当成哑巴。从远方赶来的姥姥把家里所有的衣服和床单洗了，晾晒在绳子上的衣服在风里凌乱，被风刮跑。雨下不停，院里的雨水越来越多，院外汇集的雨水从大小不一的洞中涌进院内，又从父亲挖开的洞中流出去。

浓密的树荫笼罩着小小的院落，我坐在院中看天。

新庄廓

父亲在村庄的中央选了一块平坦地。然后，从远处的河滩一次次挑水，再将挑来的水倒在那块他选中的平坦地里。

父亲的脸上挂着笑容，见到旁人会亲切地打招呼，他尽量不动声色，但总是喜形于色。我跟在他身后用一个小小的塑料桶提水，装了水的小塑料桶同样可以使我脚步凌乱，行走踉跄。

直到父亲的肩膀生出红色的印子，渗出血迹，我们才将整块地浇透。等父亲坐下来歇息，天空开始下雨，下了整整一夜。

父亲将一杆拴了鲜红锦缎被面的木头伙同乡亲们立在地中间，献馍馍，上香，烧纸，燃起鞭炮。大人们说笑着接过母亲手中热乎乎的茶水和热腾腾的油饼。孩子们捡拾躺在地上没燃烧完全的鞭炮，将一个完整的鞭炮装进口袋里,又趴在地上。

乡亲们拉来木板、夯石,找来绳子、铁锹、平板车等,母亲在老庄廓里火烧火燎地做饭食,父亲的新庄廓就要动工了。

母亲把烧好的茶水和烙好的饼子一次又一次送去父亲那里。吃完馍馍的他们在一节节上升的墙上将夯石举起来,再放下来,夯石发出沉闷的响声,将整个墙体夯实。他们还会喊号子,在领头人的带领下,将口号喊得整齐划一。

> 打夯哩别说话呀,嗨哟!听我把话说呀:嗨哟!
> 大家要注意啊:嗨哟!一定稳住性啊:夯啊夯嗨!
> 把夯抬起来呀:嗨哟!把夯别打拧啦:嗨哟!
> 力气要使匀呀,嗨哟!力气不要停啊:嗨哟!
> 这夯有点低呀:夯啊夯嗨,再加一把劲呀:嗨哟!
> 打的是前墙呀,嗨哟!打的是个角呀,嗨哟!

似乎,他们的体内有使不完的劲,一步一步往前移动,又一步一步往后移动。他们整齐雄厚的嗓音在村庄里蔓延,被风吹进各家各户。人们站在自家的门口向声音传过来的方向张望,有些人默默下决心第二天也加入他们的队伍。

站在土墙上面的男人越来越多,那些男人只要看见有小媳妇或大姑娘从地边路过时,喊号子的声音莫名就会大起来,中间还掺杂着嘻嘻哈哈的笑声。

毕竟路过的女性少而又少,他们很快就回归正途,汗水从他们的脸上爬下来,像蠕动的虫子。领头的人喊道:咱们吸袋烟吧,嗨哟!咱们喝碗茶吧,嗨哟!掌柜的把烟拿呀!嗨哟!

父亲的脸被晒得黝黑，他满脸堆笑地拿烟倒水，说缓一会儿，缓一会儿。

七月下旬的雨总是很多，下起来没完没了，庄廓北面刚打起来的墙倒了半面。

父亲在夜晚时候提一盏油灯从老庄廓出发去新庄廓，他走路的姿势有些变形，双腿罗圈，会有沉重的喘息声。他沉默不语。所以我还是喜欢白天有着笑容的他。我有时也会接过他手中的油灯，说我去陪你吧，他说不用，但脸上的表情会缓和一些。

家里的新庄廓在八月初终于完工，墙体底部宽，往上逐渐变窄。四面的墙面都是同样的高度，像一座四四方方的城堡。这和之前的老庄廓比起来一个在云端，另一个就在泥淖。站在四四方方的庄廓里面，一抬头就可以看见天上的星星，可见银河，看到北边完整的北斗七星。父亲栽下几棵杨树，说过几年就会长大。他又栽下两棵苹果树和一棵花椒树，一棵梨树。

我说等这些树都成了老树，你是不是也要和爷爷一样躺在画了龙的棺材里？父亲摸着我的头说，还早呢。

后来有些树还没长成老树就被父亲砍了，比如那两棵苹果树，苹果树上结出的果子又小又涩，不忍下咽，父亲说可能是因为树太年轻了，再等两年。两年之后树的境况依然没有改观，母亲说还影响到旁边种的蔬菜和麦子了，所以父亲在一个阴天的下午作出决定，将它们砍了，把树根挖出来当柴烧。

梨树幸免于难。

但梨树结出果实的时候父亲走了。

河床裸露的河滩

河滩里有许多尖锐的或被磨平棱角的石头。

河床以上有绿的草、紫色的沙葱、黄色的蒲公英以及能食用的植物的根茎，清晨或雨后都有白而鲜亮的蘑菇破土而出。

河滩原本的河床很窄，到后面裸露的部分越来越多。河床很窄的时候有清水从河滩里流过，很多人在河滩边洗麦子，洗麦子的过程似是在做一件工艺品，装在筛子里的麦子颗粒饱满，颜色鲜亮。又似裹在襁褓中的婴儿，每一颗都发出诱人的光泽。它们的主人小心翼翼地将筛子放到流动的水中，手眼并用，唯恐遗漏了某一颗不安分的麦粒随着水流去了远方，她决不允许这样的事发生。

她把筛子沉入水中，又快速提起，之后又轻轻放置在水中轻柔地左右摇摆，麦衣子随着流动的水一起从最上层漂走，石头等物沉淀在最下层，洗过的麦子被主人用手心捧到早已铺好的布单上，薄薄摊开一层，让每一粒粮食都能得到阳光的沐浴。人们开始羡慕那些色泽明亮、颗粒饱满的粮食，他们谈论那些麦子在生长时受到的关照。主人的脸上便晕染起令人心醉的胭脂红。

许多人在河边洗麦子的场景是属于那条小河的最美风景，一排穿着花布衣服的女人嘻嘻哈哈地笑着，谈论早饭吃了什么，谈论"的确良"做衬衣是否凉快，她们将这一天从心底里过成盛大的节日，她们似乎看到热气腾腾的新面馒头开出像棉花一样的花儿。她们将村庄里德高望重的老人叫到家里，让他们品尝棉花一样的馒头，赞扬她们的手艺。她们每一个人的脸上都挂着微笑，觉得劳动不再是劳动，而是欢天喜地在赶集，她们喜欢太阳炙烤地面的温度，喜欢冰凉的河水打湿鞋面，她们看见对面有三三两两年轻的后生走过，便发出清亮的笑声。

有鸟雀从远处飞来，觊觎晒在布单上的粮食，它们踮着脚跳跃，叽叽喳喳地吵闹，似乎在商量一种能吃到麦子的对策，无奈被一个拿了棍子的人看得紧，它们又聒噪着飞向别处，太阳落山时分又不死心飞回来，在石头缝隙里找寻一粒被遗漏的粮食。有几粒被遗漏的粮食藏匿的石头下方，没几日就长出绿茵茵的小苗来，再过几日，就被徘徊在河滩周围的牛羊吃去。

一场暴雨之后河床就更宽了，裸露在阳光下发出白刺刺的光芒，水流断断续续，没有人在河滩边洗粮食，但可以看见有人在河滩边洗衣服。洗衣服的是邻家女孩，她拿塑料勺将洗衣盆一勺一勺舀满，再放少许洗衣粉，一遍遍清洗，她把洗过衣服的水倒在流动的水里，水的颜色几乎没什么改变，但洗衣粉打出的白色泡沫在水面上打着旋碰一下左边的岸，又碰一下右边的岸，然后随着水流漂走了。她又打起一盆水，使劲搓洗盆里的衣服。将洗好的衣服晾晒在大石头上面，石头上面红色的泥浆又沾染在衣服上，她又拿下来洗。

后来，河滩的河床越来越宽，但很难见到水，每次暴雨之后红色的泥浆就宛如从地表深处流出来的血液一样蜿蜒向前，人们站在岸边看蜿蜒不断的血液是以怎样的姿态流经村庄又消失在村庄的尾部，红色的泥浆在还没流入到大河之前就已经堆砌成一块红色的土地，覆盖了原本有的草木，覆盖了土地原本黑色的肤色。

比起有着尖锐石头和被磨去棱角石头的河滩，人们更喜欢河床以上大幅有着绿草黄花的草滩。他们砍伐树木，铲去绿草，在原有的基础上盖起房子，房屋豪华大气，屋内装饰一新，也有人赞叹木工巧夺天工的手艺，人们坐在宽敞明亮的屋里喝茶聊天吃肉，他们畅想原来河滩的模样，感叹村庄变化之快。一个庄廓院接着一个庄廓院，草滩的面积越来越小，牛羊越来越少，从庄廓院里出来的面孔越来越年轻，越来越陌生。他们时常用陌生的眼光看我，我也时常用疑惑的眼光望向他们，我们偶尔也有仪式一样的微笑。

但有些事情防不胜防，比如夏季的洪水，它来势汹汹，裹挟着大小不一的石头漫过了河滩原本的河堤，跑到建造在草滩上的房子里去了。那户人家的木门紧锁，所有人都出去打工了，但洪水锲而不舍，一浪跟着一浪，将庄廓院墙冲翻了，然后在院落里四下横行，将堆在屋子角落里的玉米冲到院子外面，和着泥土和砂石跟着红色的洪水滔滔向东，最后不知所终。村庄找来挖掘机抢救，但不知道如何抢救，挖掘机轰鸣着穿着河床裸露的河滩，留下巨大的缺口。所有人都达成了协议，让这户人搬走吧，让紧挨着他的人家也搬走，把草滩还给河滩。

他们终于知道一种叫泥石流的东西，在短时间内将所有的辛苦摧毁，但他们不知他们的辛苦有时也有违于自然法则，如此，必然有一天要将自己从大自然中讨回的东西归还给大自然。

河床裸露的河滩在它年轻时，在有着持续水流时曾带走一些因为不明原因死亡的小动物的尸体，比如一只鸡、一只小狗。但很多时候人们会在河滩边的草滩上挖个深坑将它们埋葬，给它们死亡的尊严，于是，在它们尸体之上的草木就变得旺盛，开出一朵一朵硕大的花朵。